光文社古典新訳文庫

恐るべき子供たち

コクトー

中条省平・中条志穂訳

kobunsha classics

光文社

Title : LES ENFANTS TERRIBLES
1929
Author : Jean Cocteau

本文デザイン／盛川和洋

※本文中のイラストはすべてコクトー自身が描いたものです

Les Enfants
terribles
illustrés
par l'auteur
1934

目次

恐るべき子供たち

Les Enfants Terribles

第1部

1

モンティエ広場は、アムステルダム通りとクリシー通りに挟まれている。そこに入るには、クリシー通りからは鉄柵を押しあけ、アムステルダム通りからは正門と建物のアーチをくぐっていく。建物の中庭がモンティエ広場というわけで、この細長い閉ざされた中庭には、家々の寄り集まった高い平坦な壁の下に、小さいが立派な一群の邸が隠れている。これらの邸は、天辺《てっぺん》が写真屋によくある暗幕のかかったガラス張りになっていて、画家たちが住んでいるらしい。こんな邸には、武器や、金糸銀糸の織物や、籠に入った猫やボリヴィアの大臣一家を描いたキャンバスがいっぱいにあふれ、そこに人知れず住む高名な主人は、絵の注文や政府の勲章に追いまくられながらも、この田舎町を思わせる静寂によって不安から守られているのだろう。

　だが、一日に二度、朝の十時半と午後の四時に、静寂は暴動に破られる。というのも、アムステルダム通り七十二番地二号の向かい側のコンドルセ中学が扉を開き、生徒たちがモンティエ広場を戦闘司令部と定めるからだ。ここが彼らのグレーヴ広場[1]なのだ。それはいわば中世の広場、愛の法廷、遊技場、足なえの乞食が立ちあがって詐欺師の本性を表す奇跡の小路、切手とビー玉による証券取引所、盗賊に首を掻《か》っ切られるやもしれぬ危険地帯であり、そこでは裁判官が罪人を裁き、処刑し、同級生いじめがじっくりと準備される。そして、教師たちも驚嘆する用意周到さで、いじめはクラスで花開くのだ。じっさい、中学二年の少年たちは恐るべき存在だった。次の年になれば、彼らはコーマルタン通りにある中学三、四年の校舎に移り、アムステルダム通りを馬鹿にし、いっぱしの兄貴気どりで、鞄（ランドセル型）を捨てて、数冊の教科書をベルトと四角い布で包むようになる。

　だが、中学二年では、目覚めつつある力が、まだ幼少期のほの暗い本能に押さえこ

1　首斬りやギロチンによる公開処刑がおこなわれた場所。

まれている。この動物や植物に似た本能が働くところを見るのはむずかしい。というのは、ある種の苦痛の思い出とおなじで、本能の働きは記憶に残らないし、子供たちは大人が近づくと口を閉ざしてしまうからだ。彼らは黙りこみ、まるで別の世界にいるような態度をとる。この大した役者たちは、一瞬にして、獣のように全身に尖った毛を逆立て、あるいは、草木のように従順な穏やかさで武装して、けっして自分たちの宗教の怪しい儀式をよそに漏らしたりはしない。この宗教に、計略や、生贄《いけにえ》や、即決裁判や、脅迫や、拷問や、人身御供《ごくう》が付きものであることも、ほとんど知られていない。くわしいことは闇に包まれ、信者は独特の隠語を使うので、たまたま彼らに気づかれずに立ち聞きできたとしても、話の内容はほとんど理解できないのだ。ここでの取引はすべて縞模様のビー玉と切手を使っておこなわれる。奉納金が親玉や実力者のポケットをふくらませ、秘密の集会が開かれていても叫び声でごまかされる。かりに、贅沢な邸にぬくぬくと収まる画家のひとりが、写真屋のような暗幕の天蓋をあやつる紐を引いて外を見たとしても、広場の少年たちは、「煙突掃除屋の雪合戦」とか「目隠し鬼ごっこ」とか「かわいい悪童たち」と題されるような、いかにも画家好みの情景を見せてはくれないだろう。

その夕方は雪だった。前夜から降りつづいて、そのせいで、見違えるような舞台装置が出現していた。広場だけが幾時代も昔にさかのぼっていた。雪が温暖な地方から消えて、ほかの場所にはどこにも降らず、ここだけに降り積もったようだった。

すでに学校に戻った生徒たちが、雪をこねたり、砕いたり、固めたり、上を滑走して掘りかえしたりしたので、地面は泥まじりで固まっていた。汚れた雪が排水溝に沿ってわだちを作っている。その雪がさらに、小さな邸の階段やガラス庇《びさし》や玄関の雪になって続いている。窓の目張りや軒蛇腹《のきじゃばら》には軽い雪が重くたまっているが、建物の輪郭をぶあつく際立たせるのではなく、周囲になにか情緒や予感のようなものをふわりと纏わせている。夜光時計のように柔らかく内部から発光するこの雪のおかげで、贅沢さの精髄が石の壁を通りぬけて、目に見えるように外へ滲みだし、ビロード状の覆いとなって広場を小さく包みこみ、そこに家具類を備えつけ、魔法をかけて、幻想の客間に変えてしまっていた。

もっと下のほうの光景はそれほど穏やかではなかった。いわば無人の戦場がガス灯にうす暗く照らしだされている。生皮を剝《は》がれた地面が、雨の凍った氷の裂け目から、下のごつごつした舗石をのぞかせていた。下水口の前には雪の土手ができて、待ち伏せ攻撃に格好の場所になっている。陰険な寒風がときおりガス灯の火をなぎはらい、隅の暗闇には、すでに戦死者が収容されているかのようだった。

こうして見ると、風景はがらりと変わる。邸はもはや一風変わった劇場の桟敷席ではなくなり、まぎれもなく、灯火を厳重に消し、敵軍の侵入に備えて戸口を塞いだ家々に変わってしまう。

じっさい、雪のせいで、この一角から、曲芸師や大道芸人や首斬り役人や商人が自由に出入りする広場の雰囲気は一掃されていた。戦場にのみ使用可という特別な意義があたえられたのだ。

戦闘は四時十分から始まっており、入口の正門をくぐるのは危険だった。正門の下には予備兵たちが身を寄せあい、ひとりふたりと新たな戦闘員が次々に加わり、兵士の群れはふくれあがっていた。

雪合戦（Ｉ）

「ダルジュロスを見たかい?」

「うん……いや、どうかな」

答えたほうの生徒は、別の生徒の助けを借りながら、最初の負傷者のひとりを支えて、広場から正門の下へ連れて帰るところだった。負傷者は膝にハンカチを巻きつけ、二人の生徒の肩につかまって、片足跳びで進んでいた。

質問をした生徒は、蒼白い顔に、悲しげな目をしていた。それはまるで重病人の目だ。足を引きずり、膝丈のマントの背には、瘤《こぶ》か、突起か、なにか異常な形のものが隠されているように見える。突然、彼はマントの裾をうしろへ撥ねあげ、生徒たちの鞄が山積みになった一角に近づいた。彼の足どりと病人のような体つきは、重い革の鞄を背負っているせいだと分かった。鞄を放りだすと病人ではなくなったが、その目は病人のままだった。

彼は戦いに向かって前進した。

右手の、建物のアーチに接する歩道では、捕虜が訊問されていた。ゆらめくガス灯

戦士たち（Ｉ）

戦士たちと捕虜

ある戦士

がその情景をときどき強く照らしだす。捕虜（小さいやつ）は四人の生徒につかまって、壁に上体を押しつけられている。図体の大きな生徒が捕虜の脚のあいだにしゃがみこみ、自分の残忍なしかめ面を見せつけようと、捕虜の両耳を引っぱっている。怪物のように形を変える顔はひとことも言葉を発さず、生贄は震えあがった。涙ぐんで、目を閉じ、顔を下にそむけようとする。そうするたびに、しかめ面の生徒は汚い雪を摑み、それで生贄の耳をこするのだった。

蒼白い顔の生徒はこの一群をよけて通り、砲弾の飛び交うなかを突き進んでいった。彼はダルジュロスを探していた。ダルジュロスを愛していたのだ。

愛について知る前に生まれた愛だけに、この感情は生徒を憔悴させた。それは原因不明の、だが激烈な痛みで、いかなる特効薬もなく、性をこえた、目的をもたぬ、純潔な欲望だった。

ダルジュロスは学校の花形だった。彼は自分に挑戦する者も、自分を補佐する者も、ひとしく受けいれていた。いっぽう、蒼白い顔の生徒は、ダルジュロスのねじれた髪の毛、傷だらけの膝、ポケットが怪しくふくらんだ上着の前に出ると、気が動転して

ダルジュロス

教室のダルジュロス

しまうのだった。

戦闘がこの生徒に勇気をあたえていた。彼は駆けていって、ダルジュロスに追いつき、戦い、ダルジュロスを守り、自分の実力を証明してやりたかった。

雪が飛び、マントにぶつかり、壁に星形を描きだす。あちこちの、影と影のあいだから、口を開いた真っ赤な顔や、目標を指示する手がまざまざと浮かびあがる。

ひとつの手が蒼白い生徒を指さした。生徒はよろめきながら、声をかけようとさらに進んでいた。彼は、崇拝するダルジュロスの手下のひとりが石段の上に立っているのを見たところだった。この手下が彼に有罪を宣告したのだ。彼が「ダルジュ……」と口を開いた瞬間、雪の球が口を直撃し、なかに入って歯の根を痺《しび》れさせた。彼はかろうじて手下の笑いを目にし、その笑い顔の隣の、参謀本部の中央にダルジュロスが立って、頬《ほお》を炎のように染め、髪をふり乱し、大きな手ぶりをするのを見た。

さらに一発が胸の真ん中に命中した。不吉な一撃。大理石の拳。彫像の拳の一撃だ。頭が空っぽになる。ダルジュロスが演壇のようなものの上に立ち、腕をだらりと垂らし、茫然として、この世ならぬ光に照らされているのが見えた。

雪合戦（II）

戦士たち（Ⅱ）

戦士

雪の球を丸めるダルジュロス

雪の球を振りかぶるダルジュロス

恐るべき雪の球

ダルジュロスと彼の武器

ダルジュロスの雪の球が当たったポール

生徒は地面に横たわっていた。口からあふれだした血が顎と首を染め、雪に染みこんでいる。次々に口笛が吹かれた。たちまち広場は空っぽになる。数人の野次馬だけが彼の体のまわりに寄り集まり、手を差しだすでもなく、じっと血だらけの口を見つめている。ある者は怖気《おじけ》づいて、指を鳴らしながらその場を立ち去った。唇をとがらせ、眉を上げ、首を振っている。別の者は雪の上をさっと滑って、鞄のある場所に戻っていった。ダルジュロスの仲間たちは、建物の石段の上にじっと立ちつくしている。ようやく教頭と用務員が姿を見せた。知らせたのは、犠牲者が雪合戦に入るときジェラールと呼びかけていた生徒だった。ジェラールのあとに教頭と用務員が続いた。二人の大人は負傷者を抱きおこし、教頭が物陰のほうに顔を向けた。

「君だな、ダルジュロス？」

「はい、先生」

「ついて来なさい」

そして一同は歩きはじめた。

倒れるポール

傷ついたポール（Ｉ）

傷ついたポール（Ⅱ）

傷ついたポール（Ⅲ）

美の力は測りしれない。美を認めない者をも屈服させるのだ。

ダルジュロスは教師たちのお気に入りだった。教頭はこの不可解な事件にすっかり困惑していた。

負傷した生徒を用務員室に運び、そこで人の好い用務員の妻が生徒の体を洗ってやり、目を覚まさせようとした。

ダルジュロスは戸口に立っている。扉のうしろには野次馬たちの顔がひしめきあっている。ジェラールは涙を流し、友人の手を握っていた。

「話すんだ、ダルジュロス」

「話すことなんかありませんよ、先生。雪合戦をしていて、ぼくは彼に球をひとつ投げました。とても固かったんでしょう。胸の真ん中に当たると、彼は『ああ!』といって、それで倒れたんです。最初は、別の雪の球が当たって鼻血が出たんだと思いました」

「雪の球が胸を傷つけることはない」

用務員室の犠牲者

「先生、先生」と、そのときジェラールという名前の生徒が答えた。「こいつは雪のなかに石を入れていたんです」

「本当か?」と教頭が尋ねる。

ダルジュロスは肩をすくめた。

「答えないのか?」

「その必要はありませんよ。ほら、目を覚ましました。彼に聞いてください……」

負傷者は意識をとり戻していた。頭はまだ友人のマントの袖にあずけたままだ。

「気分はどうだね?」

「すみません……」

「君があやまることはない。君は病人なんだ。気を失ったんだよ」

「憶えています」

「どういうわけで気を失ったか説明できるかね?」

「胸に雪の球が当たったんです」

「雪の球が当たったくらいで気分が悪くなるものか!」

「でもほかには何も当たってません」

「君の友達は、雪の球に石が入っていたといっているが」

病人はダルジュロスが肩をすくめるのを見た。

「ジェラールはどうかしてますよ」と答えた。「君はどうかしてるよ！　あの雪の球はただの雪の球だ。ぼくは走っていて、のぼせたんだと思う」

教頭は息を吐きだした。

ダルジュロスは外に出ようとしていた。だが、思いなおした様子なので、病人のほうに向かうのだとみんなは思った。だが、用務員夫婦がペン軸やインクや飴を売るカウンターの前まで行き、何かためらっていたが、ポケットから小銭を出し、カウンターの端に置いて、引き換えに、中学生がよくしゃぶる靴紐に似た甘草のスティックを取った。それから部屋を横切り、こめかみに手を当てて軍隊式の敬礼をし、姿を消した。

教頭は病人を送っていこうとした。すでに車を呼び、車は待機していたが、ジェラールが、それには及ばない、教頭先生が来たらかえって家族が心配してしまうので、ぼくが病人を家までちゃんと送りとどけます、と主張した。

「それに」と彼はつけ加えた。「ポールはもう元気になってますよ」

教頭は自分がぜひとも送っていくとはいわなかった。雪が降っている。病気の生徒の住まいはモンマルトル通りだ。

教頭は二人が車に乗るところを見届け、ジェラール少年が同級生を自分のウールの襟巻とマントでくるむのを見て、これで教頭としての責任は果たされたと判断した。

2

車はゆっくりと凍った地面を走っている。ジェラールは、車の隅で左右にゆさぶられるかわいそうな顔を見つめていた。下のほうから眺めると、顔のあたりが蒼白く明るんでいる。閉じた目はよく見えず、鼻孔と唇の影だけが判別でき、そのまわりに固まった血の痕がこびりついていた。ジェラールが「ポール……」とささやく。ポールには聞こえたが、ひどく疲れていて答えることができなかった。ポールはマントのひだから手を外に滑らせ、ジェラールの手に重ねた。

この種の危機に直面したとき、子供の反応は両極端にゆれる。子供は、生命が根づいている深さとその力強い源泉のことを知らないので、すぐに最悪の事態を想像する。だが、死とはどんなものか予測できないため、この最悪の事態はほとんど絵空事に思えてしまうのだ。

ジェラールは、「ポールが死ぬ、ポールが死んでしまう」と繰りかえしていたが、それを信じてはいなかった。このポールの死は、ジェラールにとって、夢の自然な帰結、永遠に続く雪の上の旅の自然な帰結であるように思われた。というのも、ポールがダルジュロスを愛するようにジェラールもポールを愛していたが、ジェラールの目に映るポールの魅力は、ポールの弱さだったからだ。ポールがダルジュロスの炎に目を吸いよせられているので、正義感にみちた強いジェラールは、ポールを見張り、監視し、ポールがダルジュロスの炎で焼け死なないように守ってやらねばならなかっ

車での帰還

た。それなのに、玄関の屋根の下にいたとき、ぼくはなんてばかな振舞いをしたのだろう！　ポールはダルジュロスを探していたが、ジェラールはそれに無関心を装うことでポールを驚かせてやりたかった。ポールを戦闘に向かわせたのと同じ感情のせいで、ジェラールはポールを追うことをあえて断念したのだ。そして、ポールが倒れ、血に染まり、野次馬も怖気づくような格好で地面に横たわるのを遠くから見た。ポールのそばに駆けよれば、ダルジュロスとその一党に阻まれて先生を呼びに行けなくなるかもしれない。それを恐れてジェラールは慌てて助けを求めに走ったのだった。いまは、いつもの調子をとり戻して、ポールを見守っている。これが自分の任務なのだ。ぼくはポールを運んでいる。この夢想がジェラールを高く恍惚の世界にまで連れていった。車の静けさ、街灯、自分の使命が、ひとつに溶けあって魅惑となった。友人の弱さが石のように固まり、途方もなく大きくなり、ジェラールの力はついに自分にふさわしい仕事を見出した。

突然、ジェラールはダルジュロスを非難したこと、恨みから口を滑らせ、彼に卑怯な仕打ちをしたことを思いだした。用務員室でのできごとが頭に浮かんだ。軽蔑的に肩をすくめる少年、ポールの青い目、とがめるような目つき、「君はどうかしているよ！」といって罪人の罪を否定したときの、人間わざとは思えない努力。嫌な思いをかき立てるこうした事実を、ジェラールは頭から追いはらった。ジェラールなりの言い分もあった。ダルジュロスの鉄の手が握れば、雪の球は、彼の九枚刃のナイフより罪深い塊になる。でもポールはそんなことを忘れてしまうにちがいない。ともかく、なんとしても子供の現実に戻らねばならなかった。それは、ささいな事実の集積が紡ぎあげるもので、大人が問いただしたりすれば、その夢幻性が無残に崩れてしまう、おごそかで、英雄的で、神秘にみちた現実だった。

車は天空高く走りつづけている。星々とすれ違う。星のきらめきが曇った窓ガラスに染みわたり、突風がガラスを鞭打った。

突然、嘆くような二つの音が聞こえてきた。それは悲痛な音色で、人間の声かと思えば、人間とは思えぬ音色に変わった。窓ガラスが震え、消防士たちが疾風のように通りすぎる。ジェラールは、窓の結露に描いたジグザグ模様から、次々に現れては叫びたてる建物の土台、赤いはしご、寓意画に出てきそうな金の兜をかぶって身構える男たちを目撃した。

ポールの顔の上で赤い色が踊っている。ジェラールはポールが元気を回復したのだと思った。最後の竜巻が通りすぎると、ポールの顔はふたたび鉛色になったが、そのとき、ジェラールは自分の握っている手が熱いことに気づいた。その熱に安らぎを誘われ、ポールは遊戯に入ろうとするかもしれない。遊戯というのはひどく不正確な用語だが、ポールは、子供たちが潜りこむ半意識の状態をそう呼んでいるのだった。遊戯のなかでは彼が主人になる。時間と空間を自由にあやつるのだ。夢想を紡ぎはじめ、それを現実と組みあわせ、光と闇のはざまを生き、授業の最中でも、ダルジュロスが自分を讃美し、自分の命令に従う世界を作りだすことができた。

いまポールは遊戯をしているのだろうか？　とジェラールは自問し、熱い手を握りしめ、のけぞった顔をじっと見つめた。

ポールがいなければ、この車はただの車で、この雪はただの雪、街灯はただの街灯、この帰宅はただの帰宅にすぎない。ジェラールはあまりに無器用で、自分ひとりで陶酔状態を作りだすことなどできなかった。ポールがジェラールを支配し、ポールの影響力で、しまいにはすべてが形を変えるのだった。ジェラールは、文法や算数や歴史や地理や理科の勉強をするかわりに、目覚めたままで不死身になる眠りの方法を学んだのだ。この眠りがあらゆる事物の真の意味を教えてくれる。インドの麻薬より、勉強机のうしろでこっそり噛《か》む消しゴムやペン軸のほうが、神経質な子供たちには大きな影響力をふるうにちがいない。

ポールは遊戯をしているのだろうか？

ジェラールは幻想を抱かなかった。ポールがおこなっている遊戯があるとすれば、それは自分が考えるのとはまったく別のものだ。通りすぎる消防車もその遊戯からポールをひき離すことはできないだろう。

ジェラールはそのあたりをもう一度考えてみようとしたが、そんなことをしている場合ではなかった。家に着いてしまったのだ。車は扉の前に停《と》まっている。

ポールは身動きしようとしていた。

「だれかに手伝ってもらうかい？」とジェラールが尋ねる。

その必要はない。ジェラールが支えてくれれば、階段は上がれる。ジェラールは最初に鞄を車から降ろすだけでよかった。

ジェラールは鞄を背負い、自分の首に左腕を巻いてすがりつくポールの腰を抱え、階段を登った。二階で立ちどまる。ビロードまがいの緑の布を張った古い長椅子に穴が開いて、そこから詰め物の細いかんな屑とバネがのぞいていた。ジェラールは大事な荷物をそこに降ろし、右側の扉に近づいて、呼び鈴を鳴らした。足音が聞こえ、止まり、沈黙した。

「エリザベート!」沈黙が続く。「エリザベート!」ジェラールはささやき声に力をこめる。

「開けて! ぼくたちだよ」

小声だが、決然とした言葉が返ってくる。

「開けないわ! あなたたちなんか大嫌い! 男の子にはもううんざりよ。こんな時間に帰ってくるなんて、どうかしてるんじゃないの!」

「リスベート、開けて」とジェラールは繰りかえす。「早く開けてったら。ポールが病気なんだ」

一瞬ためらったのち、扉がわずかに開いた。隙間から同じ声が尋ねる。

「病気？　開けさせるための手でしょ。ほんとなの、その嘘？」

「病気なんだよ。早くして、ポールは椅子の上で震えてる」

扉が大きく開く。十六歳の娘が現れた。ポールによく似ている。同じ青い目に黒い睫毛《まつげ》が影を落とし、同じ蒼白い頬をしている。二歳年上なので、ある種の体の線が際立ち、カールした短い髪の下の姉の顔は、弟の顔をもうすこし柔らかくした感じだが、それはもはや素描ではなく、形を整え、混乱のうちに美に向かって急いでいた。

暗い玄関に、まずエリザベートの白い姿と、彼女には長すぎるエプロンの黒さが浮かびあがった。

作り話だと思っていたことが現実だったので、エリザベートは声を上げることもできなかった。彼女とジェラールがポールを支えたが、ポールはよろめき、頭をだらりと垂れてしまう。玄関に入るなり、ジェラールは事情を説明しようとした。

「ばかね」エリザベートはため息をついた。「まったく考えが足りないんだから。大

弟と姉

声を出さないでよ。ママに聞かれたいの？」

三人はテーブルを回りながら食堂を横切り、右手にある子供部屋に入った。この部屋には、ひどく小さなベッドが二つ、整理だんす、暖炉、それに椅子が三脚あった。二台のベッドのあいだには扉があって、洗面所兼台所に通じており、そこには玄関からも入ることができた。この部屋をひと目見たらだれでも驚く。ベッドがなければまるで物置小屋だ。箱やら下着やらタオルやらが床に散らばっている。絨毯《じゅうたん》はすり切れて織糸が見えている。暖炉の中央には石膏の胸像が鎮座して、そこにインクで目と髭が描き加えられていた。そこらじゅうに、グラビア雑誌や新聞やプログラムの切り抜きが画鋲《がびょう》でとめられ、映画スターやボクシング選手や殺人犯の顔が見えている。

エリザベートは箱を思いきり蹴とばしながら道を切り開いた。罵《のの》しりの言葉を吐いている。ようやく病人を本だらけのベッドに横たえた。ジェラールは雪合戦の話をした。「ひどすぎるわ」とエリザベートは叫んだ。「あたしが病気の母の面倒をみて、介護人になっているっていうのに、この方たちは雪の球で遊んでらしたってわけ。母は重病人なのよ！」彼女は声を荒らげながら、最後の言葉が荘重に響くことに満足していた。「あたしは母の介護、あなたたちは雪合戦。またあなたなんでしょ、分かってるわ、ポールを誘いこんだのね、ばかったらないわ！」

ジェラールは黙っていた。この姉弟の激情的な態度、荒っぽい言葉、つねに張りつめた神経質な性格を知っていたからだ。いっぽう、ジェラールは引っこみ思案で、いつもそのことを苦にしていた。

「だれがポールの面倒を見るのよ、あなた？　それともあたし？」彼女は続ける。「何をぼけっと突っ立ってるの？」

「ねえねえリスベート」

「あたしはリスベートでもなけりゃ、ねえねえでもないの。馴れ馴れしくしないでくださる。それにね……」

遠くからの声が乱暴な言葉をさえぎった。

「ジェラール、いいか」とポールがおし殺した口調でいう。「こんなあほ女のいうことなんか聞くなよ……。うるさいったらありゃしない」

この侮辱にエリザベートは飛びあがった。

「あほ女ですって！　そう、あほ男ども、勝手にすればいいわ。ひとりで病気を治しなさい。あきれたもんだわ！　雪の球で気絶するような間抜けのくせして。そんなやつを心配してやるなんて、まったくばかだったわ！　ちょっと、ねえジェラール」彼女は唐突にいった。「見てちょうだいよ」

　いきなり跳躍して、右脚を空中に伸ばし、頭よりも高く上げた。

「二週間も練習したのよ」

　エリザベートは練習を再開した。

「さあ、いいからもう出てってよ！　消えて！」

　扉を指さす。

　ジェラールは敷居のところでためらっていた。

「もしかしたら……」と口ごもる。「医者を呼ばないといけないかもしれない」

　エリザベートは足を蹴りあげる。

「医者？　そのご忠告を待っておりました。なんて気のきく方なんでしょう。でもね、七時にママの往診にお医者が来ることになっているの。そのときポールを診てもらうわよ。さあ、とっとと帰って！」話を終わらせた。それでもまだジェラールが態度を決めかねているのを見て、「あなた、もしかしてお医者さま？　違うでしょ？　だったら出てって！　さあ出ていくんでしょ？」

エリザベートは床を踏みならし、目から残忍な光を放った。ジェラールは退却した。暗い食堂をあとずさりして帰ろうとしたため、椅子をひっくり返した。

「ばか！　ほんとにばかね！」娘は繰りかえす。「直さないでよ。また別のをひっくり返すんだから。さっさと出ていって！　いいから、ドアをばたんと閉めないで」

階段の踊り場で、ジェラールは車が待っていることを思いだしたが、ポケットには十スーもなかった。だが呼び鈴を鳴らす気にはなれない。エリザベートは開けてくれないか、さもなければ、医者が来たと思って開けたあとで、さんざん嫌みをいうだろう。

ジェラールの住まいはラフィット通りで、育ての親である叔父の家で暮らしていた。そこまで車に乗せていってもらい、叔父に事情を話して、タクシー代を払ってもらうことにした。

走る車のなかで、ジェラールは、ついさっき友人がもたれかかっていた片隅に身を沈めた。頭をのけぞらせ、道路の凹凸に合わせてわざとぐらぐら揺らせた。遊戯をする気にはなれなかった。苦しんでいたのだ。あの夢のような車の旅のあとで、ジェラールは、ポールとエリザベートの生活の現実を見て、がっくりと気落ちしていた。エリザベートがジェラールの夢をうち砕き、ポールの弱さには残酷な気まぐれが絡みついていることを思いださせたのだ。ダルジュロスにうち倒されたポール、ダルジュロスの犠牲になったポールは、ジェラールが奴隷として仕えていたポールではなかった。ジェラールは車のなかで、狂人が死んだ女を弄ぶような振舞いに及んだのだが、その行為のみだらさを思いおこすことはなかったものの、あのときの快感は、雪とポールの仮死状態が重なって、ポールを別人のように勘違いしたことから生まれたのだと気づいていた。家に帰る車のなかで、ポールが積極的に影響力をふるう人物のように思えたのは、消防車の束の間の光のせいで、彼の顔に血の気が戻ったと思うのと同じ勘違いだった。

たしかにジェラールは、エリザベートの人柄、彼女が弟に崇敬の念を抱いていることと、姉弟が自分に友情を感じていることを知っていた。二人はジェラールのことが大好きだったし、ジェラールのほうは、姉弟の愛情の嵐、彼らが交わすまなざしの稲妻、気まぐれの激突、毒舌の応酬を理解していた。冷静さが戻り、首のあたりがひんやりとして、頭をのけぞらせ、揺れるにまかせながら、事態を落ち着いて考えてみた。しかし、この反省は、エリザベートの言葉の裏に、やさしく熱情にみちた心が隠れていることを教えてくれたが、結局、考えが行きつくのは失神のこと、あの失神の真実、大人にとってあの失神事件がどう見えるか、それが厄介な結果につながるのではないかという気がかりだった。

ラフィット通りに到着し、ジェラールは運転手にちょっと待っていてくれと頼んだ。運転手は不満の呻《うめ》きをもらした。ジェラールは全速力で階段を駆けあがり、叔父を見つけ、このお人好しをいいくるめた。

下に降りてみると、空っぽの街路には雪しか見えなかった。おそらく通りかかった客がいて、言葉巧みに、すでにメーターに表示された料金も込みで払うとでもいったのだろう。運転手は仕方なくこの客を乗せてやることにしたにちがいない。ジェラールは金をポケットに入れた。――黙っていよう。エリザベートに何か買ってやれば、そのプレゼントを口実にその後の様子を聞きに行くことができる、とジェラールは考えた。

モンマルトル通りでは、ジェラールが逃げだしたあと、エリザベートは母親の寝室に向かった。母親の寝室と貧弱な居間がこの家の左半分を占めている。病人はまどろんでいた。四か月前に激しい発作に襲われてから、この女性は三十五歳なのに老婆のような外見で、「死んでしまいたい」が口癖だった。夫に幻惑され、甘やかされ、財産を奪われ、捨てられた。それから三年、夫は妻と子の暮らす家にときどき顔を出した。そしておぞましい修羅場を演じた。それから肝硬変になって、家に舞いもどった。看病してくれというのだ。自殺してやると脅し、拳銃を振りまわした。病状が治まると、情婦のもとに帰り、病気が悪化すると追いだされた。あるとき家に戻ってくると、地団太を踏んで当たりちらし、そのまま床に就き、帰ることができなくなり、別れた妻のもとで死んだ。

妻は憤懣やるかたなく、一度は死んだ女から、子供をかえりみない母へと変身し、厚化粧をし、毎週女中の首をすげ替え、踊りに出かけ、どんな男からも金をせびり取るようになった。

エリザベートとポールは、この母親から蒼白い顔を受けついでいた。父親からは、野放図と、優雅な物腰と、荒れ狂う気まぐれとをもらっていた。

なぜ生きている必要があるの？ と母親は思っていた。医者は一家の古い友人だから、子供たちを路頭に迷わせるようなまねはしないだろう。生きる気力をなくした女は、娘をくたくたに疲れさせ、家中を暗鬱にしていた。

「ママ、眠っているの？」

「いえ、うとうとしてるだけ」

「ポールが捻挫したの。ベッドに行かせたわ。お医者さんに診せるつもりだけど」

「痛がってる？」

「歩くと痛むの。ママによろしくって。新聞の切り抜きをしてるわ」

重病人はため息をついた。彼女はこのところずっと娘に頼りきっている。そして、苦痛をひとり占めしたがった。だから息子の痛みについてそれ以上知りたくはなかった。

「で、女中は？」

「相変わらず見つからないわ」

エリザベートは子供部屋に戻った。ポールは壁のほうに体を向けている。エリザベートはポールの上に身をかがめた。

「眠ってるの？」

「ほっといてくれよ」

「ご挨拶ね。出発したってわけね。(ふたりだけに通じる言葉のなかで、出発したというのは遊戯に入った状態のことを意味していた。出発しようとか、出発するとか、出発したという具合に使うのだ。遊戯に出発した者を邪魔することは、許されざる罪だった)あなたは出発して、あたしはあくせく働いている。ひどい人ね。最低だわ。足を出しなさいよ、靴を脱がせるんだから。氷みたいに冷たい足。待って、湯たんぽを入れてあげるわ」

エリザベートは泥だらけの靴を暖炉の胸像のわきに置き、台所に消えた。ガス台に点火する音が聞こえる。それから戻ってきて、ただちにポールの服を脱がせる仕事にかかった。弟は不満そうに唸り声をあげたが、姉のするがままに任せていた。弟の協力がどうしても必要になると、エリザベートは、「頭を上げるか、脚を上げて」とか「死人の真似をしていたら、この袖が引っぱれないでしょ」などというのだった。

次々に彼女はポケットを空にしていった。インクの染みのついたハンカチ、おもちゃのピストル用の紙火薬、ポケットの綿ごみと一緒に固まった菱形の干しナツメを床に放りだした。それから整理だんすの引出しを開けて、そのほかの、象牙でできた小さな手、縞模様のビー玉、万年筆のキャップをしまった。

それは宝物だった。引出しのなかの品物は本来の用途からまるでかけ離れて、象徴的な意味を帯び、世俗の者の目には、イギリス製の鍵とか、アスピリンの円筒形の容器とか、アルミニウムの指輪とか、髪の毛のカーラーとか、がらくたの山にしか見えなかったが、じつは説明不可能な宝物なのだった。

湯たんぽが熱くなっていた。エリザベートはぶつぶつ文句をいいながら毛布をめく

遊戯

り、寝間着を広げてから、兎の皮を剝ぐように昼間に着るシャツを脱がせた。その動きのたびに、ポールの体はおとなしく従った。これほどのやさしさに接して、ポールの目に涙が湧いてきた。姉は弟を毛布でくるみ、しっかりと体に巻きつけ、「お休み、おばかさん!」といって看病を終え、さよならの仕草をつけ加えた。それから、目を一点に集中し、眉を寄せ、唇のあいだからすこし舌をのぞかせて、脚を上げる練習を何度かおこなった。

突然、呼び鈴が鳴った。音がこもっている。タオルで覆ってあるからだ。医者だった。エリザベートは医者のコートを引っぱって弟のベッドまで連れていき、事情を話した。

「二人だけにしておくれ、リズ。体温計を持ってきたら、客間で待っていなさい。聴診器で診察してみるが、私はそばで人が動いたり、診察を見られるのが嫌いなのでね」

エリザベートは食堂を通りぬけて、客間に入った。そこでは雪が奇跡を起こしていた。肱掛椅子のうしろに立って眺めると、客間は見知らぬ部屋に変わり、降る雪のせいで宙に浮かんでいるように見えた。向かい側の歩道に立つ街灯の輝きが、天井に濃い影と薄い影の窓を開き、光のレースを広げ、その唐草模様の上で、実物よりも小さな通行人の影が動きまわっていた。

空中に浮かぶ部屋の様変わりは、生きているような鏡のせいでさらに深まり、この鏡は軒蛇腹と床のあいだでじっと動かない幽霊に見えた。ときおり、通る車が幅広の黒い光線ですべてをなぎはらっていく。

エリザベートは遊戯に入ろうと試みた。できない。心臓が鳴っている。ジェラールと同じく彼女にとっても、雪合戦の結果は、彼らの神話的な世界にそぐわないものだった。医者が彼女を厳しい現実にひき戻した。そこには恐怖が存在し、人間は熱を出したり、死に見舞われたりする。一瞬のうちに、エリザベートは、体の麻痺した母親、瀕死《ひんし》の弟、隣家に住む女性が持ってきたスープ、冷製の肉料理、バナナ、自分がいつも食べているクッキー、女中も愛も欠けた家のことを思いうかべた。

ポールとエリザベートはそれぞれベッドに入り、大麦糖の飴《あめ》にかぶりついて食事代

食卓のエリザベート

わりにしながら、侮辱の言葉と本を交換しあうことがときどきあった。じっさい、二人はいつも同じ数冊の本しか読まず、嫌気がさすまでその本をむさぼり読むのだった。この嫌気は彼らの儀式の一部をなしており、まずベッドを仔細に点検し、そこからパン屑を払いおとし、皺を伸ばし、ついで恐ろしく煩瑣な手続きを経て、遊戯に入るのだが、遊戯の世界に飛びこむのに、すべてに嫌気がさすことが最良の弾みをつけてくれるのだった。

「リズ！」

エリザベートはすでにつらい気分を脱していた。だが、医者に呼ばれて動転した。扉を開く。

「終わったよ」と医者はいった。「慌てなくてもいい。大したことはない。だが、気をつける必要はある。胸が弱いんだな。ちょっと弾かれただけで参ってしまう。学校に行くのは当分無理だ。安静、安静が第一だよ。お母さんに捻挫だといったのは良い判断だった。心配させる必要はないからな。きみは大人だから、頼りにしているよ。女中を呼んでおくれ」

「女中はもういないんです」

「分かった。明日から看護婦を二人呼んで、交替でこの家の面倒を見るように手配しよう。看護婦が必要なものを買ってくれるだろうから、きみは様子を見ていてくれればいい」

エリザベートは礼をいわなかった。奇跡で生きることに慣れていたので、驚きもせずに奇跡を受けいれるのだ。待っていれば、奇跡はかならず起こった。

医者は病気の母親を診て、帰っていった。

ポールは眠っている。エリザベートは弟の寝息に耳を傾け、その顔をじっと見つめた。激しい情熱が湧きおこり、彼女は苦しげな表情を浮かべながら、弟を撫でてやろうとした。だが、眠っている病人に痛い思いをさせてはいけない。よく観察するだけにしよう。瞼《まぶた》の下に薄紫の痣《あざ》ができ、上唇が腫れて、下唇より盛りあがっている。若い腕に耳を当ててた。なんて大きなざわめきが聞こえるのだろう！　エリザベートは左耳を手で塞いでみた。ポールの血のざわめきに、自分の耳のざわめきが重なりあう。

不安になった。ざわめきはしだいに大きくなっているみたいだ。これ以上大きくなったら、死んでしまう。

「ねえ、ポール！」

弟の目を覚まさせる。

「ああ！　なんだい？」

ポールは伸びをする。姉の険しい顔が見えた。

「どうしたんだ、頭でもおかしくなったのか？」

「あたしが！」

「そうだよ、姉さんだよ。うるさい女だなあ！　他人を静かに眠らせないつもりなのか？」

「他人ですって！　あたしだって眠りたいわよ。それなのに起きて看病して、あなたに食事をあげて、あなたの雑音を聞いてるのよ、このあたしがね」

「雑音って何？」

「ひどい雑音よ」

「ばかじゃないのか！」

「大ニュースを教えてあげようと思ったけど、あたしはばかだから、教えてあげない」

大ニュースがポールの気にかかった。だがその手は食わない。

「じゃあ、大事にしまっておくんだな。ぼくにはどうでもいいことだ」

エリザベートは服を脱ぐ。姉と弟のあいだにはなんの遠慮もなかった。この寝室は姉弟の甲羅のようなもので、二人はそのなかで、同じ体の二本の手のように暮らし、体を洗い、服を着るのだ。

エリザベートは病人のそばの椅子に冷製の牛肉とバナナとミルクを置き、クッキーとグレナディンシロップを空いているベッドに運び、そこに横になった。

そして口をもぐもぐさせながら黙って本を読んでいると、ポールは好奇心を抑えきれなくなり、医者はなんといったのかと尋ねてきた。診察の結果などどうでもよかった。大ニュースを知りたかったのだ。だが、そんなものがあるとすれば、診断と無関係なはずはない。

エリザベートは本から目を離さず、口を動かすのもやめず、弟の質問をうるさいと思った。だが、答えなければさらにうるさいことになると思いなおし、無関心な口調を装っていった。

「もう学校には行けないって」

ポールは目を瞑《つむ》った。恐ろしい不安のなかにダルジュロスの顔が浮かぶ。よその世界で生きつづけるダルジュロス、ダルジュロスがどこにもいない未来。不安が耐えがたくなって、呼びかけた。

「リズ！」

「え？」

「リズ、気分が悪いよ」

「ほんとに、しょうがないわね！」

エリザベートは立ちあがったが、脚がしびれて、びっこを引いた。

「どうしてほしいの？」

「どうしてって……ぼくのそばにいてほしいんだ、ベッドのそばに」

ポールの目から涙があふれた。幼い子供のように、唇をとがらせ、顔を涙と鼻水だらけにして泣いている。エリザベートは自分のベッドを台所の扉の前に引っぱってきた。弟のベッドとのあいだには椅子がひとつあるだけで、二人のベッドはほとんどくっついていた。彼女はふたたびベッドに戻り、かわいそうな弟の手をさすった。

「まったく……」と姉はいった。「おばかさんねえ。学校に行けないっていわれて泣くなんて。考えてもごらんなさい、あたしたち二人きりでこの部屋にこもって暮らすのよ。白衣の看護婦をよこすって、お医者さんが約束してくれたわ。あたしはお菓子を買いに行くか、貸本屋に行くときにしか外出しないわ」

涙があわれな蒼白い顔に濡れた跡をはっきりと描きだし、あるいは睫毛の先から滴って、枕にぽたぽた落ちた。

そのみじめな姿に胸がつまり、リズは唇を嚙んだ。

「怖くなったの？」リズは聞いた。

ポールは首を左右に振る。

「勉強したいってわけ？」

「違うよ」

「じゃあ、何？　まったく！……ちょっと聞いて！（彼女は弟の腕をゆする）ねえ、二人で遊戯をしない？　さあ鼻をかんで。見て。催眠術をかけてあげるわ」

エリザベートは近寄り、目を大きく見開いた。

ポールは涙を流し、すすり泣いている。エリザベートは疲れを感じた。遊戯の世界に入り、弟を慰め、催眠術をかけてやりたかった。弟の気持ちになりたかったのだ。だが、雪のなかを通る自動車のヘッドライトのように、眠りが幅広の黒い光線をぐるりと回転させ、彼女の努力をなぎはらった。

3

翌日、看病と家事は順調に運んだ。五時半になって、白衣の看護婦がジェラールを迎えた。ジェラールは、パルマ名産の菫《すみれ》を模した造花を箱に入れて持ってきた。エリザベートは自尊心をくすぐられた。

「ポールに会ってやって」彼女は勿体ぶらずにいった。「あたしはママの注射を見てなくちゃ」

ポールは顔を洗い、髪を梳《と》かし、ほとんど健康そうな顔色だった。コンドルセ中学の様子を尋ねた。仰天すべき知らせがもたらされた。

その日の朝、ダルジュロスは校長に呼ばれていた。校長は教頭の訊問を蒸しかえそうとしたのだ。

ダルジュロスは激昂し、無礼にも「分かったよ、分かったってば！」といった調子で返答したため、校長は机ごしに拳を振りあげて脅しにかかった。すると、ダルジュロスは上着のポケットから胡椒の入った紙袋をとり出し、中身を校長の顔の真ん中に投げつけたのだ。

その結果は恐るべきもので、てきめんに威力を発揮した。それでダルジュロスはかえって怖くなり、水門がいきなり開いて大洪水に襲われたように、防御本能から反射的に椅子の上によじ登った。そして、この一段高い場所から、目つぶしを食らった老人が首からカラーを引きむしり、机の上を転げまわり、呻き声をあげ、錯乱のあらゆる症状をしめすのを見ていた。悲鳴を聞いて駆けつけた教頭は、校長の錯乱ぶりと、椅子の上に立ったダルジュロスが、前日、雪の球を投げた直後のように茫然としているのを見て、戸口のところに釘づけになった。

学校に死刑はないので、ダルジュロスは退学を宣告され、校長は医務室に運びこまれた。ダルジュロスは昂然と顔を上げ、頬をふくらませ、だれとも握手しようとせず、柱の立ちならぶ回廊を横切っていった。

このスキャンダラスな出来事を友人から聞かされた病人の動揺は想像にあまりある。ジェラールはダルジュロスがいなくなったことへの満足をまったく顔に出さなかった。そのためポールも自分の苦悩を見せるわけにはいかなかった。だが、どうしても気持ちを抑えかねて、尋ねた。

「ダルジュロスの住所を知ってるかい?」

「知るわけないだろ。ああいうやつは絶対に住所なんか教えないよ」

「かわいそうなダルジュロス! それじゃ、ぼくたちに残されたのはあれだけだな。

写真を持ってきてくれ」

ジェラールは暖炉の胸像のうしろから二枚の写真を出してきた。一枚は教室で写したものだ。生徒たちが身長順に列を作って並び、先生の左側で、ポールとダルジュロスが床にしゃがんでいる。ダルジュロスは腕を組み、サッカーの選手のように、たくましい脚を誇示している。その脚は彼の支配力の象徴のひとつだった。

もう一枚の写真には、アタリー[2]の衣裳を着けたダルジュロスが写っていた。生徒たちが一月二十八日の聖シャルルマーニュの祭日に『アタリー』を上演したとき、ダルジュロスがこの悲劇のタイトルになった女主人公の役を演じたがったのだ。ヴェールをかぶり、けばけばしい服を着て、若い虎のようなダルジュロスは、一八八九年の偉大な悲劇女優たちに似ていた[3]。

ポールとジェラールが思い出に耽《ふけ》っていると、エリザベートが入ってきた。

「これを入れようか？」とポールが二枚目の写真をかざしながら聞いた。

「何を入れるって？　どこへ？」

「宝物のなかに」

「宝物のなかに何を入れるのよ？」

エリザベートは顔を曇らせた。宝物をとても大切にしていたからだ。宝物に新しいものを加えるのは一大事だ。あたしに相談してほしい、とエリザベートは主張した。

「だから相談してるんじゃないか」と弟は答えた。「これは、ぼくに雪の球をぶつけたやつの写真なんだ」

「見せて」

彼女は長いこと写真をじっと見ていたが、何も答えなかった。

ポールはつけ加えた。

「こいつはぼくに雪の球をぶつけて、校長にも胡椒をぶつけて、学校から放りだされたのさ」

エリザベートは写真を観察し、何かをじっと考え、部屋を行ったり来たりして、親

2　ラシーヌの悲劇のヒロイン。

3　一八八九年はコクトーの生まれた年で、「ベル・エポック」と呼ばれるこの時期を代表する女優は、幼いコクトーもその舞台を見たサラ・ベルナールである。

宝物にダルジュロスの写真を加えたエリザベート

指の爪をかじっていた。それからようやく、引出しをすこしだけ開き、隙間からダルジュロスの写真を滑りこませ、閉めた。

「なんだか虫の好かない顔だわ」と彼女はいった。「ねえジラフ（ジェラールの愛称）、ポールを疲れさせないでね。あたしはママのところに戻るわ。看護婦の様子も見ていなくちゃいけないの。面倒くさいのよ、ほんとに。なんでも自分流にやりたがるからね。ほんのちょっとだって目を離せないんだから」

そして半ば本気、半ばふざけながら、芝居がかった身ぶりで髪の毛を撫でつけ、重い引き裾をさばくような仕草をして、部屋を出ていった。

4

医者のおかげで、生活はほぼ普段の調子をとり戻した。だが、この種の快適さは子供たちとはほとんど無関係だった。なぜなら、子供たちには子供たちの快適さがあり、それはこの世のものではなかったからだ。ダルジュロスだけがポールを学校に引きつ

重い裾を引く仕草で退場するエリザベート

けることができた。ダルジュロスが退学させられたいま、コンドルセ中学は牢獄にすぎない。

そのうえ、ダルジュロスの威光は変質しはじめていた。薄れたというのではない。むしろ逆で、彼は大きくなり、地上を離れ、子供部屋の上空に昇っていった。そして、彼の隈のできた目、カールした髪、厚い唇、大きな手、傷だらけの膝が、しだいに星座の形をとっていった。虚空に隔てられたそれらの星は、動き、回転した。つまり、ダルジュロスは宝物のなかの写真に入ったのだ。モデルと写真が一致し、モデルは不要になった。抽象的な形が美しい獣を理想の姿に変え、魔法の世界の付属品を豊かにふくらませた。ポールは現実のダルジュロスから解放されて、もはや休暇以外の何ものでもない病気を心ゆくまで楽しんでいた。

看護婦がいくら注意しても、子供部屋の無秩序には勝てなかった。無秩序はますますひどくなり、街角のようになった。荷箱の立ちならぶ風景、紙くずの湖、下着の山々が、病人の街とその背景になった。エリザベートはこの貴重な眺めを破壊し、洗

子供部屋の上空のダルジュロス

濯しなければという口実のもとに下着の山々を崩し、あの手この手で部屋の熱気をかき立て嵐を呼ぶことを心から楽しんでいた。この嵐のような熱気がすこしでも低下すれば、姉弟は生きていることができなかっただろう。

ジェラールは毎日やってきて、罵詈《ばり》雑言の一斉射撃で迎えられた。彼は微笑みながら頭を低くした。すこしずつ繰りかえされれば、こんな歓迎にも免疫ができる。もう驚かなくなったし、それどころか、愛撫のような心地よささえ味わうことができた。ジェラールの平然たる様子を見て、姉弟は、こいつは「怖いもの知らず」のばかだと分かったというふりをして大笑いしたり、ジェラールに関する自分たちだけの内緒話を思いだしたかのようにぷっと噴きだしたりした。

ジェラールはそうした儀式の手順を心得ていた。動じることなく、じっと我慢し、部屋を見まわして、姉弟がもう説明する気のない最近の気まぐれの痕跡を探した。たとえば、あるときジェラールは、鏡の上に、石鹸《せっけん》を使って大きな文字で書かれたこんな文句を読んだ。

「自殺は死すべき大罪だ」

この仰々しい標語はいまも消されずに残り、鏡にとって、暖炉の彫像に描かれた髭のような役割を果たしているらしい。水で書かれた文字と同じく、姉弟の目には、この標語はもう見えないのだろう。だがそれは、姉弟のほかにだれも知らない異例のできごとが生みおとした詩心の証拠なのだった。

ジェラールが気のきかない返答をしたため、ポールはこれ以上攻撃する気が失せ、エリザベートに向かって荒っぽい言葉を投げつけた。そして、二人は安易すぎる獲物を捨てて、普段の速度に戻ることにした。

「ああ！」ポールがため息をつく。「自分の部屋があったらなあ……」

「あたしも自分の部屋がほしい」

「さぞかしきれいなことだろうよ、姉さんの部屋は！」

「あなたの部屋よりはね！　聞いてジラフ、ポールは部屋にシャンデリアと……」

「うるさい！」

「あのねジラフ、ポールったら、暖炉の前に石膏のスフィンクスを置いて、ルイ十四世時代のようなシャンデリアをエナメルの絵具で塗るんですって」

子供部屋

彼女は噴きだした。

「当然だ、スフィンクスとシャンデリアを飾るのさ。くだらない女には分からないよ」

「それなら、あたしはここを出ていくわ。ホテルで暮らすの。スーツケースだって用意できてるんだから。ええホテルに行きますとも。なんでもひとりで始末なさい！　こんなところにいられるもんですか。ほんとにスーツケースがあるのよ。こんな下品な人とはもう暮らせないわ」

この手の喧嘩が起こるたび、最後はエリザベートが舌を出し、部屋を出がけに、積みあげたがらくたの山をスリッパで蹴って崩してまわる。ポールは姉のほうに唾《つば》を吐き、姉はドアを叩きつけて閉め、つづいてほかのドアのばたんばたんと鳴る音が聞こえてくるのだった。

ポールはときどき夢遊病の軽い発作に見舞われることがあった。そうしたごく短時間の発作はエリザベートを怖がらせるどころか、大喜びさせた。夢遊病の発作でも起こらなければ、この変人はベッドから出ようとしなかったからだ。

姉弟の口論

長い脚がベッドから突きだされ、奇妙な動きを見せはじめた瞬間、エリザベートは息をとめて、生命を吹きこまれた彫像が体を動かし、あたりを器用に徘徊《はいかい》し、ふたたびベッドに戻って、眠りに就くまでじっと目をこらすのだった。

彼らの母親が突然亡くなって、嵐はひととき収まった。姉弟は母親を愛しており、邪険に当たりはしたが、それは母親が死ぬなどとは思ってもみなかったからだ。姉弟は母親が死んだのは自分たちのせいだと思いこみ、事態はさらに悪化した。というのも、その夜、ポールは初めてベッドから起きあがり、子供部屋でエリザベートと口論していた。そのため、姉弟が気づかないうちに、母親は死んでいたのだ。

看護婦は台所にいた。口論は摑みあいの喧嘩にエスカレートし、体格で劣る姉は顔を真っ赤にして、逃げ場を求めて重病人の肘掛椅子のところまでやって来た。そこで、悲惨にも、目と口をぽっかり開いたまま自分を凝視する見知らぬ大女と顔を合わせたというわけだ。

死体の両腕は硬直し、指は長椅子に絡みついたままで、死だけが即興で作りだせる、

母親の死

死以外の何ものでもない姿勢を保っていた。医者はこうした急変を予期していた。だが子供たちは蒼ざめ、二人だけでなすすべもなく、石となって凍りついたこの叫び、生ある人間の座を奪ったこの人形を眺めているほかなかった。それは有名な怒れるヴォルテールに似ていたが、姉弟はその彫像を知らなかった。

母のその姿が目に焼きつき、長いこと姉弟の心に傷痕を残していた。喪の儀式がおこなわれ、涙が流され、茫然自失の状態を経て、ポールの病がぶり返した。医者とジェラールの叔父が説教を垂れながらも、看護婦を介して一家に必要なものを届けてくれたのち、姉弟は二人きりになった。

母親の異常な死の状況は、その思い出をつらいものにするどころか、むしろ高貴なものにした。母親を襲った雷撃は忌まわしい死の姿をあとに残したが、それは姉弟が愛惜する母親とはなんの関係もなかった。それだけでなく、これほど素朴で野蛮な子供たちのもとでは、慣習で追悼される故人はあっというまに忘れ去られる恐れさえあった。姉弟は世間体など気にかけない。動物的本能に従って行動し、彼らの行動には動物の子が親にしめす冷淡さが認められた。その一方で、この子供部屋では極端なことが必要とされていた。それゆえ、母親の死の異常さは未開人の墓のように死者を保護し、子供時代の重大な事件が奇妙な細部のせいで記憶に残るように、その異常さのせいで、死者はいきなり夢想の天国の貴賓席にまで格上げされたのだった。

5

ぶり返したポールの病気はなかなか治らず、危険な状態が続いた。看護婦のマリエットは誠心誠意仕事に励んだ。医者は腹を立てていた。安静第一、気分を楽にして、十分な栄養をとらなければならないのだ。医者は往診し、あれこれ命令し、必要な金額をあたえ、命令が守られたか確認するためにまたやって来た。

エリザベートは最初は知らん顔をし、逆らったが、結局、マリエットの大きな赤ら顔と灰色の巻毛とその献身ぶりに屈服した。マリエットの献身は何ごとにも動じなかった。ブルターニュ出身のこの老婆は無学だが、ブルターニュに暮らす孫を溺愛し、子供の神聖文字を解読することができたのだ。

真っ当な人はポールとエリザベートを複雑な性格だと判断し、精神異常の叔母とアルコール中毒の父親の遺伝的影響があると主張しただろう。姉弟はたしかに複雑だが、薔薇《ばら》のように複雑なのであり、二人を判断する人のほうは真っ当に複雑なのである。いっぽう、マリエットは真っ当に単純だったから、目に見えないものを見ぬくことができた。彼女は子供の暮らす土地で楽々と動きまわり、それ以上何も求めなかった。この部屋の空気が外の空気より軽いことも感じとっていた。ある種の細菌が高山では死んでしまうように、この部屋では悪は生きることができなかった。澄みきった、軽い空気のなかには、重いもの、下卑たもの、悪しきものは入りこむことができない。世間が天才を容認し、その仕事を保護するように、マリエットは子供たちを容認し、保護していた。そして、その単純さゆえに、この部屋の創造の天才を尊ぶことができる理解の天才をあたえられていた。じっさい、この子供たちが創りだすものは傑作だったし、それは彼らそのものという傑作であり、そこには知性がまったく関与せず、

マリエット

その驚異はなんの自負も目的もないことから生まれていた。

病気のポールが自分の疲労を活用し、発熱を自在に操っていたという事実を指摘しておく必要があるだろうか？　ポールは口をきかず、非難されても反応しなかった。エリザベートのほうは、ふくれ面をして、人をばかにしたようにだんまりを決めこんだ。しかし、黙っていると退屈するので、がみがみ女から一転、乳母に変身した。こまめに世話を焼き、やさしい声になり、そっと爪先で歩き、慎重の上にも慎重に扉を開け閉めし、ポールをあわれむべき低脳児か囚人か乞食のように扱った。

エリザベートは病院勤務の看護婦にもなれただろう。その気ならマリエットから仕事を教えてもらえたはずだ。髭を描き加えた胸像と、引き裂いたシャツの切れ端と、脱脂綿と、ガーゼと、安全ピンを持って、角の客間に何時間も閉じこもった。目の吊りあがった石膏の胸像が頭を包帯でぐるぐる巻きにされて、あらゆる家具の上に出没した。マリエットは灯りの消えた部屋に入り、闇のなかでこの胸像と出会うたび、死ぬほど震えあがるのだった。

エリザベートはすっかり人が変わり、医者から大いに誉められた。

しかも、長続きした。頑なに、自分の作りだした人物になりきっていたのだ。われらが若き主人公二人は、ただの一度も、一瞬たりとも、自分たちが外に向かって演技しているとは思わなかった。じっさい、演技しているわけではなく、演技する気も毛頭なかった。姉弟は、魅惑的だが残酷なこの部屋を嫌いだと思いながら、夢想で飾りたてていた。つねづね自分の個室を持ちたいといっていたくせに、空いた母親の部屋に移ることは考えもしなかった。いや、じつはエリザベートはそのことをしばらく考えたことがあった。しかし、死んだ母親は、子供部屋では高貴な思い出に格上げされていたが、空いた部屋ではいまだに恐怖をかき立てる存在だった。エリザベートは病人の看護を口実にして、子供部屋を出ようとはしなかった。

ポールの病気は悪化し、こじれていった。彼は痙攣《けいれん》の痛みを訴えながら、枕を巧みに積みあげた休息所でじっと身を硬くしていた。エリザベートは弟のいうことに耳を貸さず、唇に人差指を当てて、真夜中に帰宅し靴を手に持って靴下のまま玄関を通りぬける若者のような足どりで、弟から遠ざかった。ポールは肩をすくめ、遊戯の世界に戻った。

四月になると、彼は起きあがった。だが、立っていることはできなかった。脚を使わなかったので、体を支えられないのだ。エリザベートより優に頭半分は背が高くなっていたため、姉はひどく気を悪くしたが、聖女のように振舞うことで復讐した。弟の体を支え、椅子に座らせ、ショールを肩にかけてやり、老いぼれ扱いしたのである。

ポールは本能的にエリザベートの攻撃をかわした。最初は、これまでと見違える姉の態度に面食らっていた。いまは姉をいずれ打ちのめしてやろうと考えている。だが、生まれたときから姉と決闘を繰りかえしてきたので、つねにチャンスを待つべしという鉄則を叩きこまれていた。そのうえ、この受け身の態勢は、怠惰な彼の本性によく合っていた。エリザベートははらわたが煮えくりかえるのをぐっと堪《こら》えていた。今回もまた、姉弟の決闘に新たな局面が開かれた。それは崇高なる戦いだった。そして、ふたたび均衡状態が回復した。

ジェラールはエリザベートなしではいられなくなった。心のなかでいつのまにか彼女がポールの地位を奪っていた。もっと正確にいえば、ポールに関してジェラールが熱愛していたのは、モンマルトル通りのこの家であり、ポールとエリザベートという姉弟だった。偶然のなりゆきで、ポールの光がエリザベートを照らしだしたのだ。彼女は女の子であることをやめて娘になり、少年がばかにする女の子の年齢から、少年を魅了する娘の年齢へといつのまにか移っていた。

医者の命令で面会が禁じられたため、ジェラールはなんとか別の手だてを考えだして、リズと病人を海辺に連れていくよう叔父に頼みこんだ。叔父は独身で、金持ちで、取締役会議の連続にうんざりしていた。彼の姉は夫を亡くし、子供を出産したとき自らも亡くなった。叔父はその子供であるジェラールを養子にしたのだ。叔父は善人で、ジェラールを養育し、遺産も譲ることになっている。叔父は海辺に行くことを了承した。自分もすこし休みたかったからだ。

ジェラールはこの計画が罵詈雑言で迎えられることを覚悟していた。それだけに、聖女と阿呆が感謝の意を表明したとき、ジェラールは心の底から驚いた。姉弟が一杯食わせようとしているのではないか、奇襲を仕掛けてくるのではないかと疑った。そのとき、聖女の瞳が一瞬きらめき、阿呆の鼻の穴がぴくりと震えたので、遊戯が始まったのだなと直感した。明らかに、この配役はジェラールを狙って仕掛けられたものではない。彼は新たな一幕の途中に飛びこんできたのだ。ドラマは新しい段階に入っていた。そのリズムにうまく乗ることが肝心だ。姉弟がこういう礼儀正しい態度ならば、海辺で叔父から文句をいわれることもあるまいと考えて、ジェラールはうれしくなった。

じっさい、恐れていた悪魔ではなく、あまりにおとなしい姉弟がやって来たので、叔父は大喜びした。エリザベートは男の心をくすぐった。

「ご覧になって」と彼女はしなを作る。「うちの弟はちょっと内気なたちでして……」

「このあばずれが！」とポールは口のなかでつぶやいた。ジェラールは耳をそばだてていたので「このあばずれが」という言葉を聞きとったが、ポールはそのあとは口を噤《つぐ》んでいた。

列車のなかで、姉弟は興奮を抑えるのに並々ならぬ努力が必要だった。生来の心がけと立居振舞いの上品さも手伝って、世間知らずの子供たちは、列車の豪華さに目を瞠《みは》ることもなく、自制心を発揮して、どんなことにも慣れっこだというふうを装った。
良くも悪くも、寝台車は子供部屋を連想させた。まもなく姉弟はたがいに同じことを考えているのに気づいた。「ホテルに行ったら、部屋が二つにベッドが二つある」

ポールは身じろぎもしない。エリザベートは睫毛のあいだから、常夜灯の下に浮かぶ弟の青みがかった横顔をしげしげと眺めていた。そうして眺めながら、この冷静沈着な観察家は、弟が他人から隔絶された孤独という療養生活を続けるうちに、ある種の無気力に沈みやすくなり、それにまったく逆らおうとしないことを見てとった。ポールの顎の形は柔らかく見えるのに、自分の顎は角張っており、そのことも苛立ちの種だった。母親が子供に「背筋を真っ直ぐに！」とか「テーブルに肘をつかないで」とかいうように、エリザベートはしばしば弟に「ポール、顎を引いて！」と命じた。ポールは下品な言葉でいい返してきたが、それでも鏡に向かって、横顔の見え具合を調整してみるのだった。

その前年、エリザベートはギリシア人ふうの横顔になりたくて、洗濯ばさみで鼻を挟んで寝ることを思いついた。ポールのほうはゴム紐で顎を縛ったが、紐はあわれな首に食いこんで、赤い痕ができてしまった。それ以来、横顔はあきらめて、正面かわずかに斜め前を向くように決心したのだった。

二人とも他人に気に入られたいと思ったわけではない。こうした試みは自分たちだけのための行為で、ほかの誰とも関わりのないものだった。

ポールは、ダルジュロスの支配から逃れたものの、エリザベートの沈黙に遭って、自分の内部に閉じこもり、姉との反目による火花が散るような活気も奪われ、坂道を転がるように自分の生来の資質に屈していった。弱い性質がさらに弱まっていた。エリザベートの見ぬいたとおりだった。容赦なく鋭い姉の目は、どんなに些細な徴候も見逃さなかった。だが、舌なめずりし、喉をごろごろいわせ、ちっぽけな楽しみをしゃぶり尽くすような、食い意地の張った根性がエリザベートは大嫌いだった。炎と氷だけからなるこの精神は、生温《なまぬる》いものを認めなかった。「ヨハネの黙示録」のラオディキアの天使への手紙にあるように、彼女は「生温いものなど口から吐きだしてしまう」のだ。純血種の動物であるエリザベートは、ポールも純血種の動物であること

エリザベートと洗濯ばさみ

を望んでいた。生まれて初めて急行列車で疾走しながら、機関車の振動音も耳に入らず、狂女の叫びのような汽笛、狂女の髪のような黒煙、ときおり乗客の眠りの上を流れるこの悲痛な叫びをあげる髪の下で、貪《むさぼ》るように弟の顔を見つめていた。

6

到着すると、子供たちを待っていたのは失望だった。ホテルは狂ったような人波に埋めつくされ、叔父の部屋のほかには、廊下の外れのひと部屋しか残っていなかった。そのベッドにポールとジェラールを寝かせ、エリザベート用に、寝室とつながった浴室へベッドをひとつ運びこむという案が出されたが、結局、エリザベートとポールが寝室で眠り、ジェラールが浴室を使うことに決まった。

最初の夜から事態は険悪になった。エリザベートが風呂に入ろうとすると、ポールも入りたがった。たがいに冷ややかな怒りをおし隠し、相手の裏をかき、扉をばたんと閉めたり、不意に開けてみたり、あげくの果ては、向かいあって浴槽に入ることに

二人での入浴

なった。ひどく熱い風呂のなかで、ポールは海草のようにゆらゆら揺れたり、湯気のなかでひとりにやにや笑ったりして、エリザベートの激怒を誘い、蹴りあいによる湯治法が始まった。足蹴り合戦は翌日の食堂でも続いた。食卓の上では叔父には笑顔だけが見えたが、下では腹黒い戦争がおこなわれていた。

徐々に進行する変化を速めたのは、足と肘の戦いだけではなかった。この子供たちの魅力もそこに関係していた。叔父の食卓は好奇の的となり、周囲の人びとは微笑みを浮かべてじろじろ見た。エリザベートは人づきあいが大嫌いで、ほかの人たちを軽蔑しており、そうでない場合は、ひとりの人間に、遠く離れたところからとはいえ偏執的に夢中になった。これまでのところ、エリザベートの情熱はハリウッドの美男スターと妖婦女優に向けられ、彼らの顔のクローズアップのカラー写真が子供部屋の壁を埋めつくしていた。むろんホテルにはそんな人間は皆無だ。家族連れは、暗く、醜く、がつがつ食事するばかりだった。痩せっぽちの女の子たちは、行儀よくしなさいと親に手で叩かれても、首をひねって魅惑の食卓のほうを見ようとした。遠くから見ると、一段高い舞台で演じられるように、足の戦争と顔の平和がよく見物できるのだった。

美貌はエリザベートにとって、しかめ面をしたり、鼻ばさみで鼻を挟んだり、ポマードを塗ったり、ひとりきりでぼろ切れを纏って即興のばかげた衣裳に仕立てたりするための、単なるきっかけにすぎなかった。ホテルの食卓での人気は、彼女を増長させるようなものではなく、パリで姉弟がおこなう真の遊戯に比べれば、都会の仕事に比して田舎の魚釣りがそうであるような、ただの遊びだった。いまは子供部屋を出て、姉弟の言葉を借りれば、あの「徒刑場」を出て、休暇のときを過ごしているのだ。じっさい、姉弟は親密な愛情を忘れ、詩的感情を見失い、マリエットよりもはるかに詩とは無縁の境遇にいたので、せめて遊びによって、同じ鎖でつながれて暮らさねばならないホテルの監房から脱出することを夢見ていた。

この田舎の休暇での遊びは食堂で始まった。エリザベートとポールは、ジェラールの恐怖をものともせず、叔父の目の前で遊びにふけってみせた。叔父の目に見えたのは、姉弟が聖女のように浮かべる猫かぶりの笑顔だけだった。

いきなり歪めた顔を見せて瘦せっぽちの女の子たちを脅かすことを思いついたが、

そのためには滅多にないチャンスが重なる瞬間を待つ必要があった。長いこと待って、みんなが見ていない隙を狙い、だらしない格好で椅子に座る女の子がこちらの食卓に目を向けた瞬間、エリザベートとポールは笑顔を浮かべるように見せながら、恐ろしい顔に歪めるのだった。女の子は仰天して顔をそむけた。この実験を繰りかえすうちに、女の子は気分を害し、涙ながらに母親に訴えた。母親が食卓のほうを見ると、すかさずエリザベートは微笑みかける。母親も微笑みかえし、犠牲者の女の子は叱られ、頬を叩かれ、身動きしなくなった。姉弟はたがいに肘で小突きあった。これは得点を意味し、共犯のしるしで、ばか笑いを誘うのだった。二人は部屋に戻って噴きだし、ジェラールも一緒になって死ぬほど笑いころげた。

ある夜、幼い少女に十二回も恐ろしい顔をしてみせたが、うち負かすことができず、少女は料理の皿に向きなおるだけだった。ところが、姉弟が食卓を離れるとき、少女は誰にも見られないように舌をぺろりと突きだした。この反撃はエリザベートとポールを大いに喜ばせ、緊張した雰囲気は一気にゆるんだ。しかし、二人は違うやりかたで空気を引きしめるすべも心得ていた。狩人やゴルフ好きのように、何度でも同じ手

ホテルの子供たちに顔を歪めてみせる遊び

柄を立てたくてうずうずしているのだ。幼い少女の反撃を絶讃し、遊びのしかたを議論し、規則を複雑にした。攻撃はいっそう激しさを増した。

ジェラールは二人に、もうすこしおとなしくして、蛇口をひねって水道を出しっぱなしにしたり、水のなかに頭を突っこんだり、摑みあいの喧嘩をしたり、椅子を振りまわしたり、助けを呼びながら追いかけっこをするのをやめてくれと頼みこんだ。怒りの声とばか笑いが同時に炸裂した。姉弟の豹変ぶりにどんなに慣れていたとしても、このたうつ二つの切れ端がひとつに合体する瞬間を予想することは不可能だった。ジェラールはその瞬間を恐れ、待ち望んでいた。待ち望むのは、そのほこ先が周囲の人や叔父に向けられるとき、恐れるのは、姉弟が一致団結して自分を狙い撃ちにするときだった。

やがて遊びは広がった。ホテルのロビー、町なか、砂浜、海岸の板張りの道へと、その領域が拡大された。エリザベートはジェラールにも助力を強制した。この悪魔の軍団は、二手に分かれ、疾走し、よじ登り、身をひそめ、微笑み、顔を歪め、パニックを撒きちらした。彼らを見ようとして、子供たちは親に引っぱられて行きながらも、首がよじれるほど横を向き、口をぽかんと開け、目玉が飛びでるほど仰天させられていた。親はそんな子供たちの頬や尻をひっぱたき、外出を禁じ、部屋に閉じこめた。この災厄が収まったのは、別のお楽しみが見つかったからだ。

それは万引きだった。ジェラールはもはや怖いともいえず、二人に同行した。純粋な盗みのための盗みである。利益を得ようとか、禁断の果実の味見をしようとかいう気持ちはいっさいない。死ぬほどの恐怖を知りたいだけだった。叔父と一緒に商店に入り、なんの値打ちもない、なんの役にも立たないもので、ポケットを一杯にして出てきた。意味のあるものを盗んではいけないというのが規則だった。あるとき、エリザベートとポールはジェラールに盗んだ本を返してくるように命じた。その本がフランス語で書かれていたからだ。ジェラールはなんとか勘弁してもらったが、代わりにエリザベートが出した条件は、「とても難しいもの、たとえば如雨露《じょうろ》かなんか」を万引きしてくることだった。

不幸な少年は、姉弟に巨大なマントを着せられ、死刑に処せられる気持ちで、これを実行した。ジェラールの動きがひどくぎくしゃくして、背中の如露の瘤があまりに異様に見えたため、金物屋はありえない光景に驚いて、疑いを抱くことすら忘れ、長いこと三人を見守っていた。

「駆けないで！　駆けちゃだめ！　ばか！　まだ見られてるんだから」とエリザベートはささやいた。

危険な通りを曲がったところで、ほっと息をつき、急いで駆けだした。

その夜、ジェラールは、蟹が爪で肩に食らいついてくる夢を見た。蟹は金物屋で、警察を呼び、ジェラールは逮捕され、叔父から勘当される、といった内容だった。

盗んだものは、カーテンの環、ねじまわし、スイッチ、荷札、二十五センチくらいのズック靴などで、ホテルの部屋に山積みにされていた。それはいわば旅行中の宝物であり、ご婦人がたが外出するとき、本物の真珠を金庫に閉まって代わりに身につけるイミテーションの真珠のようなものだった。

世間知らずで、罪を犯すほど純粋で、善と悪を見分けることができない子供たちの行動の奥にひそんでいたのは、エリザベートの場合、こうした略奪の遊びをおこなうことで、恐れていた弟の無気力な傾向を矯正しなければならないという本能だった。

ポールは追いつめられ、おびやかされ、顔を歪め、走り、悪態をついた。もはやひとりでにやにやすることはなくなった。エリザベートがこの直感的な再教育の方法をどこまでおし進めていたかは、まもなく分かるだろう。

子供たちは帰宅した。ぼんやり眺めていた海の潮風のおかげで体力が回復し、さまざまな能力が何倍にもなった。マリエットが見違えるほどだった。姉弟はおみやげに彼女にブローチを贈ったが、これは万引きしたものではなかった。

7

子供部屋が沖へ出たのは、まさにこのときだった。船の帆幅は大きく広がり、積み荷はいっそう危険さを増し、波はますます高くなった。

子供たちの特異な世界では、じっと一か所にとどまることもあれば、すばやく先に進むこともある。阿片の吸引に似て、ゆっくりしすぎることは、急ぎすぎるのと同じくらい危険なことだった。

叔父が工場の視察で出張に出るたび、ジェラールはモンマルトル通りに泊りに来た。クッションを積みあげた上に横になり、古いコートを何枚もかぶって寝た。目の前には、二つのベッドが舞台のようにそびえ、ジェラールを見下ろしている。この舞台に照明が入ると、それが序幕の前ぶれであり、すぐに劇が始まるのだった。じっさい、ポールのベッドの上には電灯があった。ポールは電灯を赤い木綿の布切れで覆った。布は部屋を赤い影でみたし、エリザベートはまわりがよく見えなくなった。怒りの声をあげて立ちあがり、布をとり払った。ポールはふたたび布をかぶせる。姉弟が布切れを引っぱりあって争ったあげく、ポールが姉をやっつけ、戦いに勝利して、電灯に覆いをかけなおし、序幕は終わる。このように、海辺への旅行以来、ポールが姉より優位に立っていた。ポールが起きられるようになってから、リズは弟の背が伸びたことを知り、彼女の恐れは確実なものになった。ポールはもはや病人の役を受けいれず、ホテルでの精神的療法は目標をとうに超えていた。

「この方ったら、なんでもすごく気持ちいいんですって。映画もすごく気持ちいい、本もすごく気持ちいい、音楽もすごく気持ちいい、椅子もすごく気持ちいい、グレナディンシロップとアーモンドシロップもすごく気持ちいいですって。ねえ、ジラフ、なんて嫌らしいやつなんでしょう！　見てよ！　あの様子。よだれでも垂らしそうな顔！　あの阿呆づらをご覧なさいな！」

エリザベートの言葉は無力だった。彼女はそう罵りながら、乳飲み子に替わって大人の男がそこにいることを感じていた。駆けっこと同じく、ポールは姉をほとんど頭ひとつ追いぬいていた。そのことは子供部屋の様子を見れば一目瞭然だった。上はポールの部屋で、彼は易々と自分の夢の小道具に手を伸ばし、上のほうを見ることができる。いっぽう、下がエリザベートの部屋で、彼女が自分の道具が欲しいときは、尿瓶《しびん》でも探すような格好で、下に潜りこみ、地べたをあさるのだ。

だが、ほどなくエリザベートは責め道具を発見し、奪われた主導権を回復した。これまでは男の子の武器で争っていたが、一歩退いて守備を固め、いままで使ったことがないが、すぐにでも使える女の能力に手を伸ばすことにしたのだ。そのためには観客がいることが不可欠だった。観客がいればポールへの責め苦はいっそう激しくなると直感して、エリザベートはジェラールをいそいそと家に迎えた。

子供部屋の舞台は夜の十一時に開幕する。日曜日には昼興行もあった。

十七歳になったエリザベートは十七歳に見えた。十五歳で十九歳に見えるポールは外出し、外をうろつきまわった。すごく気持ちいい映画を見に行き、すごく気持ちいい音楽を聞き、すごく気持ちいい娘たちの尻を追いかけた。その娘が娼婦で、かえって付きまとってきたりすれば、さらに気持ちいいと感じた。

帰宅すると、娘たちとの出会いの模様をくわしく報告した。ポールは幼児のように、しつこいまでに率直に報告するのだった。この率直さと、そこに見られる悪意のなさは、彼の言葉を通じて、冷笑の正反対、すなわち無邪気の極みとなった。姉は根掘り葉掘り尋ね、嘲笑し、それから胸が悪くなる、というのだった。急に、誰も気にならないような話で機嫌が悪くなるのだ。すぐにひどく傲然たる態度をとり、新聞かなにかを摑み、大きく広げた紙面のうしろに顔を隠し、隅から隅まで目を通しはじめるのだった。

ポールとジェラールはいつも、夜の十一時から十二時のあいだに、モンマルトルの、あるレストラン兼酒場のテラスで待ちあわせることにしていた。そして、一緒に帰宅する。エリザベートは玄関を端から端まで行ったり来たりして、死ぬほどやきもきしながら、表門の扉が鈍い音を立てる瞬間をうかがっていた。

表門で音がすると、それが見張り場を離れる合図だった。子供部屋に駆けていき、椅子に腰かけ、爪磨きを取りあげる。

少年たちが帰ってくると、エリザベートはいつもヘアネットをかぶって座り、舌をちょっと出して爪を磨いている最中だった。

ポールは服を脱ぎすて、ジェラールは自分のガウンを探し、ポールをベッドに入らせ、枕で背中を支えてやる。すると、部屋の精霊が三度床を叩いて、舞台の開幕を告げるのだ。

もう一度強調しておこう。この演劇の主役たちは、観客の役をつとめる者にいたるまで、演技しているという意識はまったくなかった。この幼児的な無意識のせいで、彼らの芝居は永遠の若さを保っていたのだ。彼らは気づいていなかったが、この舞台（この部屋といってもいい）は神話の崖っぷちでゆらゆら揺れていた。

赤い木綿の布が舞台装置を深紅のうす明りでひたしていた。ポールは全裸で歩きまわり、ベッドを整え、シーツの皺をのばし、枕で休息所を建設し、椅子の上に小道具を並べた。エリザベートは、まるでテオドラ[4]のように、左肘をつき、唇を左右にぐっと引き、いかめしい顔で弟をじっと見つめる。右手で皮が剝けそうなほど頭を掻きむしり、それから枕の上に置いたポマードの容器から乳液をすくい、頭の皮のすり剝けたところに塗りたくった。

「ばかな女だよ！」とポールがいい、こうつけ加えた。「このばか女と乳液の見世物くらい嫌らしいものはないな。アメリカの女優は頭をひっ掻いて、そのあとで乳液をつけるって新聞で読んだのさ。それが頭皮のためにいいって信じてるんだ……」

「ジェラール！」

「何？」

「聞こえてる？」

「ああ」

「ジェラール、あたしのいうことを聞いてくれるわよね。こんなやつのいうことは無視して、もうお休みなさい」

ポールは唇を噛み、目は燃えている。沈黙が流れる。ようやく、エリザベートの切れ長の、気高い、濡れたまなざしのもとで、ポールは横になり、毛布を整え、首の位置をいろいろに変えたが、いきなり起きあがり、毛布をはねのけた。ベッドのなかが理想的な寝心地ではなかったからだ。

いったん理想の寝心地が達成されると、いかなる権力をもってしてもポールを寝床から引きずりだすことはできなかった。彼は寝るというより、ミイラになってしまう。体をぐるぐる巻きにし、食料と聖なる置物に囲まれて、黄泉《よみ》の国へと旅立つのだ。

エリザベートは自分が登場するための舞台が整うのを待っていた。四年ものあいだ、毎晩、前もって打ちあわせもせずに芝居を上演できるのは信じがたいことだった。じっさい、いくらか変更が加わることはあったが、芝居はいつもそのまま繰りかえし上演されていた。この無教養な者たちは、なにかの命ずるままに、夜になると自然に

4 サルドゥの同名戯曲の主役でビザンチン帝国の女帝。

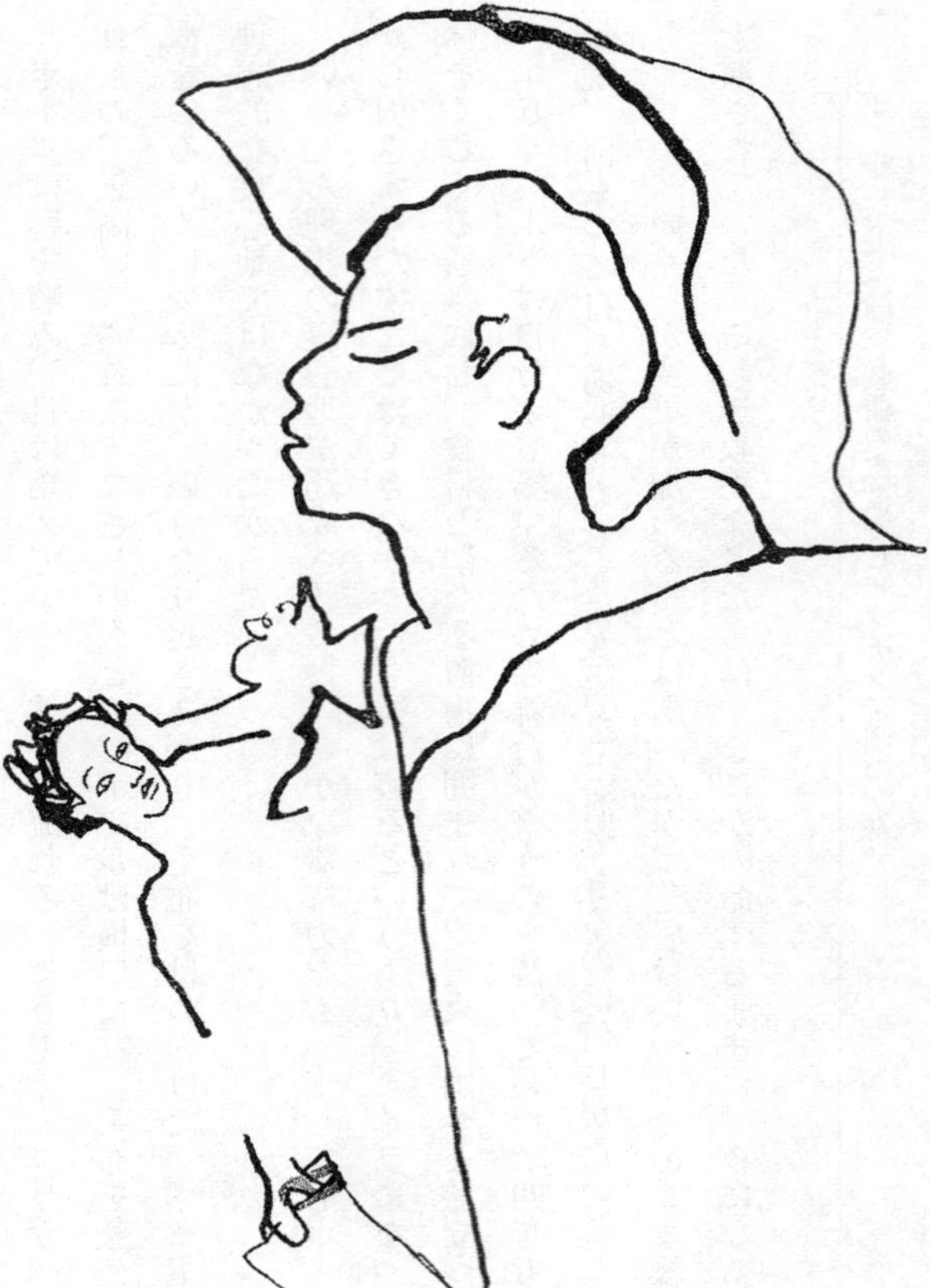

ミイラになるポール

花が花弁を閉じるような、不思議な操作をおこなっていたのだろう。

変更を持ちこむのはもっぱらエリザベートだった。人を驚かすことが好きなのだ。あるときは、乳液の容器を放りだして、床にしゃがみこみ、ベッドの下からクリスタルのサラダボウルを引っぱりだした。サラダボウルには、ざりがにが入っていた。彼女はボウルを胸に押しつけ、美しい素肌の腕で抱えこみ、いかにも食いしん坊らしい目で、ざりがにと弟のあいだに視線を走らせた。

「ジェラール、ひとつざりがにでもいかが？　いいから、いいから！　来てご覧なさいよ、辛味が利いて口がひりひりするの」

姉はポールが、胡椒や砂糖や辛子に目がないことを知っていた。パンの皮につけて食べるほどなのだ。

ジェラールは立ちあがった。エリザベートを怒らせたくなかった。

「くそっ」とポールは歯のあいだでつぶやいた。「ざりがになんか嫌いなくせに。胡椒だって大の苦手なんだ。ご苦労なこった。無理して口のなかをひりひりさせて」

だが、ポールはついに我慢できなくなり、頼むから一匹くれと姉に懇願し、ようやくざりがにの一幕は決着がついた。そうして姉は弟を意のままに操り、この大嫌いな食い意地の張った根性を罰したのだった。

「ジェラール、十六にもなって、男のくせにざりがにが欲しいってぺこぺこするほどみじめなことがあると思う？　床を這《は》いずりまわって、絨毯だって舐《な》めてみせるわよ、きっと。だめだめ！　持っていってあげたりしちゃ。ベッドを出て、ここまで来させるのよ！　ともかく最低よね。動こうともしないで、食い意地ばっかり張って、自分では何もしない、図体がでかいだけのこの男。恥ずかしいったらありゃしない、とてもざりがにをあげる気にはなれないわ……」

それから神託が下された。エリザベートが神託を下すのは、体調が万全で、巫女《みこ》が座るような三脚台に座って、神が乗りうつったと感じる夜だけだった。

ポールは耳をふさぐか、本を取って大声で読むかする。サン＝シモンやボードレールが恭しく読みあげられた。神託が終わると、ポールは、「聞いてくれ、ジェラール」と大声で朗誦を続けた。

私は好む、その悪趣味、色のまだらなスカート、似合わない大きな肩掛け、常軌を逸した言葉、

そして、猫のように狭い額を。

ポールは見事な詩節を朗々と読みあげながら、それがこの部屋の様子とエリザベートの美貌を説明していることに気づいていなかった。

エリザベートのほうは新聞を摑んでいる。ポールを真似たつもりの声で、三面記事を読む。

「いい加減にしろ！」とポールが叫んでも、姉は声をかぎりに読みつづけた。

すると、興奮した姉が新聞にさえぎられてよそが見えないのをいいことに、ポールはベッドから腕を差しだし、ジェラールが飛びつくより早く、力いっぱい姉にミルクを浴びせかけた。

「ろくでなし！　悪魔！」

エリザベートは怒りで息がつまりそうだった。新聞が濡れ雑巾のようにべったり肌

に張りつき、そこらじゅうからミルクが垂れている。ポールは姉が泣きくずれる場面を期待したが、彼女は持ちこたえた。

「お願い、ジェラール、手伝って。タオルを取ってきて、ミルクを拭いて、新聞を台所に片づけてちょうだい。あたしは」とエリザベートは小声になった。「ちょうど、ざりがにをあげようと思っていたところなのに……ひとつあげましょうか？　気をつけてね、ミルクで濡れてるから。タオルを持ってきた？　どうもありがとう」

またしてもざりがにの話が蒸しかえされ、眠りに引きこまれそうなポールの耳に届く。もうざりがになんて欲しくない。ポールは別の世界へ出かけようとしている。張っていた食い意地はしぼみ、体が持ちあげられ、手足を縛られて死者の河に放りこまれるところだった。

この大いなる瞬間こそ、エリザベートが待ち望み、しかしそれを阻止すべくすべての知恵を動員するときだった。ポールをじらせて眠りに誘いこみ、もうおしまいという間際になって、立ちあがり、ベッドに近寄り、弟の膝にボウルを載せた。

「ほら、おばかさん、あたしは意地悪な女じゃないの。ざりがにをおあがりなさい」

かわいそうな男は重い頭を眠りの下から引きあげたが、目はむくみ、瞼はくっつき、口はもはや人間の空気を呼吸していなかった。

「さあ、食べなさいよ。あんなに欲しがったのに、もう欲しくないのね。食べなきゃボウルを下げちゃうわよ」

すると、頭を切断される男がこの世との最後の接触を求めるように、ポールはうっすらと口を開いた。

「目で見なきゃ信じられないでしょ。ほら！　ポール！　ほらほら！　あなたのざりがによ！」

エリザベートは殻を割り、肉を弟の歯のあいだに押しこむ。

「夢のなかで食べてるわ！　見て、ジェラール！　見てよ、おかしいったらないわ。なんて食いしん坊なんでしょう！　よっぽど根性が汚いのね！」

それから、好奇心を刺激された学者のような顔つきで、エリザベートは仕事を続行した。鼻孔が広がり、舌がちょっと覗いている。真剣に、辛抱強く、背中を丸めて、まるで死んだ子供の口に食べ物をつめこもうとする狂女のように見えた。

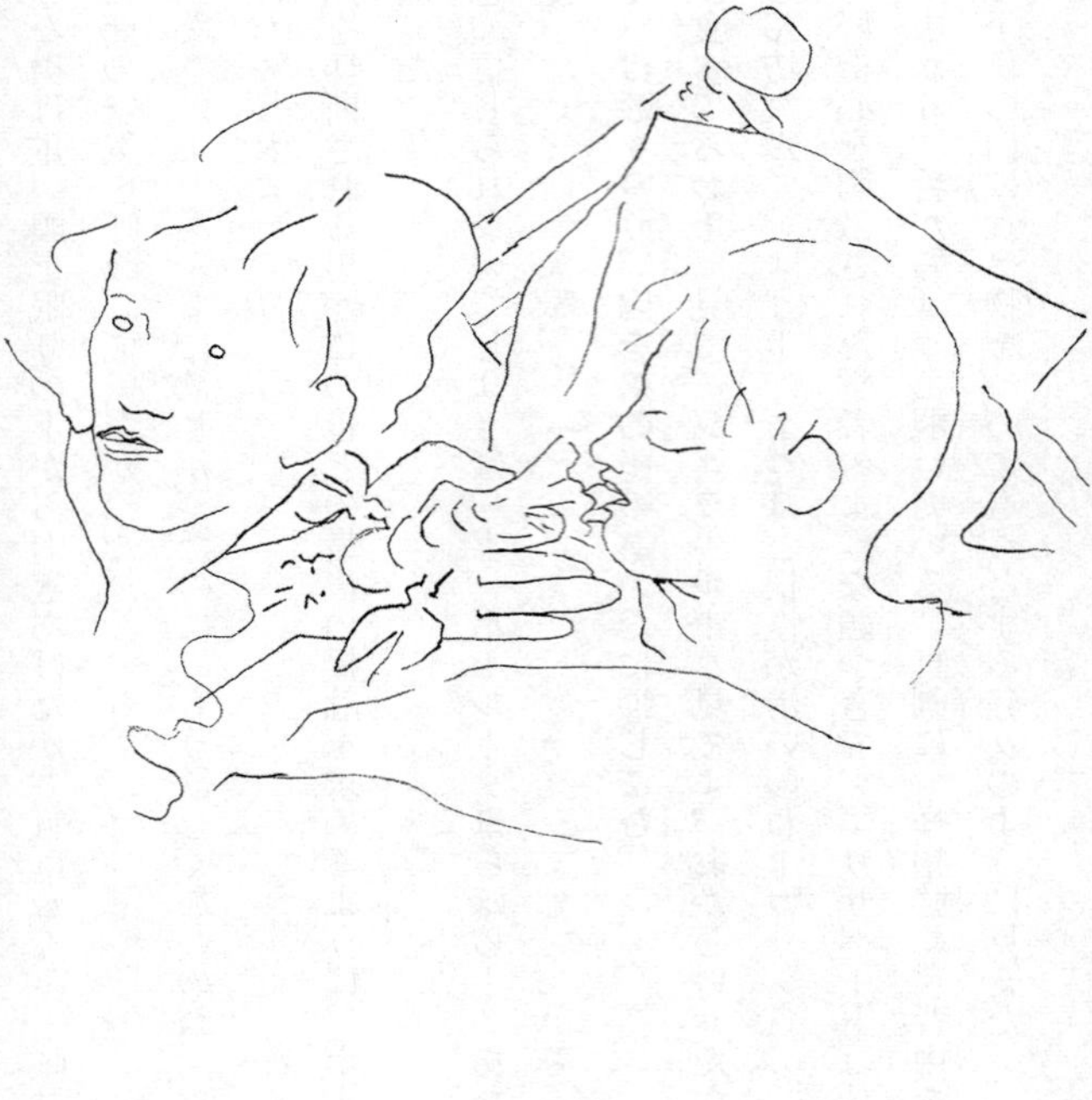

エリザベートとざりがに

この一幕から学ぶべきことは多かったが、ジェラールの頭にはひとつの事実しか残らなかった。それは、エリザベートがいつもより親密な口調で自分に話しかけてくれたということだ。

翌日、ジェラールは自分でも同じ親密さを言葉にこめてみた。ぶたれるかと覚悟していたが、彼女はこの親密な話し方を受けいれ、ジェラールは心のこもった愛撫を受けるような感覚を味わった。

8

子供部屋の夜は朝の四時まで続いた。そのせいで目覚めるのが遅くなった。十一時ころ、マリエットがカフェ・オ・レを運んでくる。冷めるままに放っておいて、眠りに落ちる。ふたたび目覚めたとき、冷めたカフェ・オ・レには食指が動かなかった。三度目に目覚めても、だれも起きあがろうとはしない。カフェ・オ・レは茶碗のなかで皺が寄っていた。一番いいのは、一階のシャルルのカフェがすでに開いているので、そこにマリエットを行かせることだ。マリエットは下からサンドイッチと食前酒を持って上がってきた。

このブルターニュ出身の女は、きっと普通の家庭料理を作らせてもらいたかっただろう。だが、あえて自分のやり方を胸にしまいこみ、子供たちのとんでもない気まぐれに快く応じた。

ときには子供たちを追いたて、テーブルに着かせ、無理やり食事をさせることもあった。

エリザベートはネグリジェの上にコートを羽織り、ぼんやりと座って、肘をつき、頬に手を当てていた。彼女がとるポーズはどれも、学問、農業、歳月を表す寓意画の女性像を思わせた。ポールは裸同然で、椅子に座って体をゆすっている。二人とも、キャンピングカーで旅回りをするサーカス芸人のように、幕間に黙々と食事をとるのだ。昼間は彼らに重苦しく圧《の》しかかってくる。すべてが空しく思えるのだ。そして、子供たちは流れに引きずられるように夜の部屋のほうに向かい、そこで息を吹きかえすのだった。

マリエットは無秩序を乱さずに掃除するすべを心得ていた。午後四時から五時までは、タオルやシーツの置き場になった角部屋で縫いものをした。夕方には夜食を作って、家に帰る。ちょうどそのころ、ポールは人影の絶えた街を歩きまわり、ボードレールの詩に出てくるような女たちを探していた。

エリザベートはひとりで家にいるときも、家具に囲まれながら尊大な態度を崩していなかった。外出するのは人を驚かせるための材料を買いに行くときだけで、それも急いで帰ってきて、買ったものをすぐに隠さなければならない。そのために部屋から部屋へと移っていくとき、ひとりの女が死んだ寝室のせいで、不安になり気分が悪くなるのだった。その女はエリザベートのなかで生きている母親とはなんの関係もない存在だった。

日が暮れるころになると、不安が大きくふくらんだ。そんなときは、闇にひたされた子供部屋に入り、部屋の中央で、真っ直ぐに立つ。部屋は下へ下へと沈みこみ、親のない娘は、両手を垂らし、甲板に立って前を見すえる船長のように、部屋と一緒に波に呑《の》みこまれていくのだった。

9

道理をわきまえた人びとが呆れはてるような家があり、生活がある。そういう人びとには、二週間と続くはずのない無秩序が何年も続くことは理解できないだろう。だが案に相違して、その種の怪しい家や生活は数多く、不法に、立派に維持されている。とはいえ、そこでも道理は働いている。というのも、なりゆき任せもひとつの力であり、その力がなりゆきを運命に変え、運命は転落の道を突っ走っていくからだ。

奇人変人とその反社会的な行動は、それらを排除しようとする錯綜した世界の魅力でもある。軽薄で悲劇的な連中を巻きこむ突風はどんどんスピードを上げ、そのスピードが世間を不安にさせる。それは子供っぽい行為から始まり、初めは遊びにしか見えないものだ。

というわけで、モンマルトル通りでは、けっして弱まることのない強烈さの単調なリズムで、三年が過ぎた。もっぱら幼年期を生きるために生まれてきたエリザベートとポールは、双子の揺りかごを占領したように暮らしつづけた。ジェラールはエリザベートを愛していた。エリザベートとポールは深く愛しあい、深く傷つけあっていた。二週間に一度、夜の大喧嘩のあと、エリザベートはスーツケースに身のまわりの品をつめ、家を出てホテルで暮らすと宣言した。

同じ激烈な夜に、同じ重苦しい朝が続き、同じ長い午後には、子供たちは浜辺に打ちあげられた残骸、日光を浴びたもぐらになる。エリザベートとジェラールは一緒に外出することがあった。ポールは自分のお楽しみに出かける。だが、三人が見聞きすることは、自分だけのものではなかった。けっして曲げられない法則に仕える彼らは、それを部屋に持ちかえり、そこで蜜に作りかえるのだ。このあわれな孤児たちには、人生が戦いであり、自分たちが密航者で、運命に黙認されて生きているという考えは一瞬たりとも浮かばなかった。医者とジェラールの叔父のおかげで暮らせるのは当然のことだと思っていた。

裕福は天性の資質であり、貧乏も同じである。金持ちになった貧乏人は貧しい贅沢しか披露できない。一方、エリザベートとポールは初めから裕福だったから、いくら裕福になっても生活が変わることはなかっただろう。寝ているあいだに財産が転がりこんでも、目が覚めたときには気づかないにちがいない。

彼らは、安易な生活や安易な習慣を非難する偏見と戦い、知らず知らずのうちに、ある哲学者が語った「労働で損なわれる柔軟で軽快な生活のすばらしい力」を発揮していた。

贅沢な愛玩犬が羊の番をする気になれないのと同じく、彼らは将来の計画や勉強や順位や下準備に関心がなかった。新聞では、もっぱら犯罪記事を読んだ。彼らはお決まりの鋳型に収まらない種族で、ニューヨークのような兵舎からは放りだされ、パリで暮らすがいいと送りこまれるような人間なのだった。

同様に、現実性を考慮して態度を決めることもけっしてなく、ジェラールとポールは、エリザベートがいきなり態度を変える場面に出くわした。

彼女は仕事をしたいといいだした。女中の生活にはうんざりだという。ポールは好き勝手にすればいい。自分は十九歳で、老衰していて、もう一日も持たないだろう。「ジェラール、分かってくれるわね」と彼女は繰りかえした。「ポールは自分勝手で、その上、無能で、なんにもできなくて、ロバみたいに強情で、愚鈍。あたしはひとりでなんとかしなくちゃいけないの。それに、あたしが働かなかったら、この子はどうなると思う？　あたしは働くわよ、就職口を見つけるの。どうしても必要なんだから」

ジェラールは理解した。たったいま理解したのだ。これまで見たことのない絵柄がこの部屋を飾りはじめている。ポールはミイラになり、まもなく出発するところで、重々しい調子で語られるこの新たな暴言を聞いていた。

「かわいそうな子なのよ」とエリザベートは続ける。「助けてあげないと。まだ病気がひどくてね。お医者さんが……（だめだめ、放っといて、ジラフ、眠ってるんだから）お医者さんがとても心配なことをあたしにいうの。雪の球ひとつ受けただけで、ひっくり返って、学校に行けなくなっちゃったのよ。この子のせいじゃないわ。非難する気はぜんぜんないのよ、でもあたしは重病人を抱えこんでるってわけ」

「ろくでなし、くそっ！　最低の女め」とポールは思い、眠っているふりをしていたのに、心の動きが顔に痙攣となって表れた。

エリザベートは弟の顔をじっと見つめ、黙りこんだが、ふたたび拷問のプロとして、ジェラールに不安を訴えたり、弟をあわれんだりしはじめた。

ジェラールはエリザベートに、ポールは血色がいいし、背も高く、体力もあると反論した。エリザベートは、弟が病弱で、食いしん坊で、怠け者だと答えた。

黙っていられなくなったので、ポールは体を動かし、目が覚めたふりをすると、姉はやさしい声で、何か欲しいの、と聞き、話題を変えた。

ポールは十七歳で、十六歳のときから二十歳に見えた。ざりがにやお菓子ではもういうことを聞かない。姉は真剣な口調になった。

ポールはこのまま眠りに逃げこんでは不利になるばかりなので、参戦したほうがいいと判断した。そして、爆発した。エリザベートの嘆きはただちに罵りに変わった。あんたの怠け癖ときたら犯罪的で、人間の屑のすることだ。姉さんを殺す気か。いつまで養ってもらおうという魂胆なのか。

一方、ポールからすれば、エリザベートはほら吹きで、頭がいかれていて、なんの役にも立たないし、なんにもできない無能力者になった。

こう反論されて、エリザベートは言葉を行動に移した。ジェラールに、大きな服飾店を紹介してちょうだいと頼みこんだのだ。その店の女社長を知ってるでしょう。あたしはそこの売り子になって、働くんだから！

ジェラールがエリザベートを服飾店に連れていくと、女社長はエリザベートの美しさに驚いた。残念ながら、売り子として働くためには外国語がいくつかできなければならない。モデルとして働くほかないだろう。店にはすでに、アガートという名の、身寄りのない娘がいる。アガートに教えてもらえば、この職業を怖がることはない。

売り子か、モデルか？　エリザベートにはどうでもいいことだった。それどころか、モデルにならないかという提案は、初舞台を踏むチャンスになる。話はまとまった。

この成功はもうひとつの興味深い結果をもたらすにちがいない。

「ポールはがっくりくるでしょうね」とエリザベートは予測した。

だが、いかなる特効薬が効いたのか、芝居っ気はまったく抜きで、ポールは激しく荒れ狂い、手足を大きく振りまわして、淫売屋で働く女の弟になるなんて我慢できない、いっそのこと街に出てじかに客を引けばいい、とわめき散らした。「街で会えるかもね」とエリザベートはいい返した。「それでもあたしはかまわないけど」

「まったく、あわれだよなあ」とポールはせせら笑った。「鏡を見たことがないんだろう。笑われるのが落ちだ。一時間後には尻に足蹴を食らってお払い箱さ。モデルだって？　お門ちがいだよ。案山子《かかし》でもやらせてもらったほうがいい」

モデルの楽屋はひどい苦痛の種だった。初めてクラスに顔を出した日の苦痛、小学生の悪ふざけを思いだした。エリザベートは果てしないうす暗がりから出て、被告席に上がって照明を浴びせられた。自分は醜いと思っていたので、最悪の事態を覚悟していた。エリザベートの若い動物のような輝きは疲れきった厚化粧の娘たちを傷つけたが、エリザベートはモデルたちの嘲笑を凍りつかせた。彼女は妬まれ、無視された。この隔離状態は耐えがたかった。エリザベートは同僚の真似をしようとつとめた。女性客に向かってきちんとした釈明を求めるように歩いていき、客の面前に到達するや、軽蔑したようにくるりと背を向けるやり方を観察した。だが、エリザベートのようなタイプは理解されなかった。地味な服を着せられ、屈辱を味わわされた。そして、しばしばアガートの代役をつとめさせられた。

こうして、エリザベートにとって未知の、宿命的な、やさしい友情が二人の孤児を結びつけた。二人は同じ居心地悪さを感じていたのだ。衣裳の着替えの合間に、白い仕事着を羽織って、毛皮の山に倒れこみ、本や打明け話を交換し、心を温めあった。

そしてじっさい、工場の地下の職工の作った部品が最上階の職工の作った部品とうまく噛みあうように、アガートは真っ直ぐに子供部屋に入ってきた。

エリザベートは弟が少しは抵抗するだろうと予想していたので、あらかじめ、「ビー玉みたいな名前の女の子なの」[5]と説明しておいた。ポールは、「それは有名な名前だ。この世で一番美しい詩のひとつのなかで、[6]快速船《フレガート》と韻を踏んでいるんだよ」と答えた。

5　アガートには「縞模様」の意味がある。
6　ボードレールの『悪の華』に入っている「悲しくてさまよいの」。

10

ジェラールをポールからエリザベートに向かわせたのと同じ働きが、アガートをエリザベートからポールに向かわせた。後者の場合はいっそう分かりやすい例だった。ポールはアガートのまえに出ると心がたかぶった。分析は大の苦手だったので、この孤児の娘を気持ちいいものに分類するにとどめた。

ところで、ポールは自分でも気づかぬうちに、かつてダルジュロスの上に積みあげた夢想の乱雑な山を、今度はアガートの上に移していた。

二人の娘が子供部屋にやって来た夜、ポールは雷に打たれるような啓示を受けた。エリザベートが宝物のことを説明しているとき、アガートが例のアタリーの写真を摑んで、こう叫んだのだ。

「あたしの写真じゃないの？」それがあまりに奇妙な声だったので、ポールはアンティノエ[7]の若いキリスト教徒のように肘をついて体を起こし、石棺から顔を出した。

「あなたの写真じゃないわよ」とエリザベート。

「そうね、衣裳が違うわ。でも、信じられない。今度あたしのを持ってきて見せるわ。ほんとうにそっくりなのよ。あたしよ、まるであたしよ。この人は誰?」

「男の子なの。コンドルセ中学の生徒で、ポールに雪の球をぶつけた子……確かに、あなたに似てるわね。ポール、アガートは写真の子に似ていると思う?」

いまだ目に見えない類似は、表に出るきっかけだけを待っていた。そのため、ちょっとほのめかされるとはっきり目に見えるようになった。ジェラールはアガートにダルジュロスの不吉な横顔を見た。アガートはポールのほうを向いて、白い印画紙を振りまわした。ポールには、深紅の薄明りのなかで、ダルジュロスが雪の球を振りまわすのが見えた。雪の球と同じ衝撃を胸に受けた。

ポールはがっくりとうなだれた。

「いいや、アガート」とかすれた声でいう。「その写真がきみに似て見えるのさ。き

---

7 ローマ帝国時代のエジプトの都市。

みは彼には似てないよ」

この嘘はジェラールを不安にさせた。似ているのは誰の目にも明らかだったからだ。真実をいえば、ポールは自分の魂に眠る溶岩をまだ一度もゆすったことがなかったのだ。この深い地層をあまりに大事に思っていたし、自分の不器用さを恐れてもいた。いい気持ちいいものはこの噴火口の手前で終わりになる。ポールは噴火口から出る蒸気で焚きしめられるだけで、めまいがするような気持ちになるのだった。

この夜から、ポールとアガートのあいだに、たがいに交差する糸で布地が織りあげられた。時間が巻きもどされ、支配関係がひっくり返った。不可解な愛でいくつもの心を傷つけてきた誇り高いダルジュロスが内気な若い娘に変身し、ポールに支配されることになったのだ。

エリザベートは写真を引出しに放りこんでおいた。翌日、それが暖炉の上に載っていた。彼女は眉をひそめ、ひと言も口をきかなかった。ただし、頭は働かせていた。霊感の光に照らされて、ポールが壁にピンで留めた、やくざ者、探偵、アメリカの映画スターたちが全員、親のないアガートと、アタリーに扮したダルジュロスにそっく

アガートとダルジュロスが似ていることを発見するポール

りに見えてきた。

この発見のせいで、エリザベートは説明しがたい混乱におちいり、息がつまった。ひどいわ、と彼女は思った。ポールは隠しごとをしている。いかさまをしているんだ。あの子がそうするなら、あたしも同じようにいかさまをしてやる。アガートに近づき、ポールを無視して、なんの興味もないふりをしてやろう。

この部屋に集められた顔がみんな家族のように似ていることは事実だった。そのことを指摘すればポールはびっくりしただろう。自分でも知らないうちにこういうタイプを追いかけまわしていたのだ。そんなタイプなんかないと思っていたのに。だが、このタイプの人間が知らないうちにポールにあたえる影響と、ポールがエリザベートにあたえる影響は、ギリシア建築の三角形の壁で、下のほうでは対立しあっていた二本の線が上で交わるように、たがいに向かいあう容赦ない直線によって、彼らの無秩序な世界に一定の形をあたえていた。

この乱雑な部屋は、アガートとジェラールが共有するようになってから、ますますジプシーのテント小屋のようになってきた。馬がいないだけで、ぼろをまとった子供

ポールが愛する人は顔がみんなそっくりだ

たちにはこと欠かない。エリザベートはアガートにこの家で暮らすように提案した。マリエットが空き部屋を住めるようにしてくれるだろうし、アガートならばその部屋で悲しい思い出に苛まれることもない。「ママの部屋」は、彼女を見たことのある人、思いだす人、立ったまま日が暮れるのを待つ人には、つらい場所だ。しかし、照明を入れて、掃除をすれば、夜も人が泊れるようになる。

アガートはジェラールに手伝ってもらい、スーツケースをいくつか運びこんだ。アガートはすでに、この家の習慣も、夜更かしも、眠りも、姉弟喧嘩も、嵐も、凪も、シャルルのカフェも、その店のサンドイッチも知っていた。

モデルの仕事が終わるころ、ジェラールが娘たちを迎えに行った。三人はぶらついたり、モンマルトル通りに真っ直ぐ帰ったりした。マリエットが温めなおす必要のない夕食を作っておいてくれる。四人は食卓以外ならどこででも食べ、翌朝になると、ブルターニュ出身の老婆が卵の殻を拾いに戻ってくるのだ。

ポールは運命が自分に用意してくれた復讐の機会を早く利用したくてたまらなかった。ダルジュロスに扮し、彼の横柄さを真似するのは無理だったので、部屋に転がっていた古い武器を使って、アガートに乱暴ないたずらをした。エリザベートはアガートのために抗弁した。すると、ポールはおとなしいアガートをけしかけて、みんなでエリザベートを攻撃するのだった。四人の孤児はそれぞれ自分なりの計算を働かせていた。エリザベートは弟との対話をさらに複雑にする方法を探り、ジェラールはそっと離れてひと息つき、アガートはポールの傍若無人さに魅了され、ポールは自分自身に魅了された。というのも、傍若無人さは人に威厳をあたえるからだ。どうやってもダルジュロスになりえないポールは、もしアガートが自分の姉を攻撃するきっかけになってくれなかったら、これほどの威光を身にまとうことはできなかっただろう。

アガートは生贄になることを楽しんでいた。この部屋には愛の電気が充満しているのが感じられたし、それがどんなに激しく放電しても実害はなく、オゾンの香りでかえって元気になれる。

アガートの両親はコカイン中毒で、娘を虐待し、ガス自殺してしまった。同じ建物に大きな服飾店の支配人が住んでいて、アガートに声をかけ、女社長に引きあわせた。アガートは下っ端の仕事をしたあと、モデルになることができた。ぶたれたり、罵られたり、陰険ないじめを受けたりした。だが、子供部屋の姉弟と知りあって、アガートは変わった。彼らには、砕けちる波、頰を打つ風、羊飼いの服を脱がせたいたずらな雷を思わせるものがあった。

そんな違いはあったが、コカイン中毒の家で、アガートはすでに、薄暗がりや、脅しや、家具を壊す大喧嘩や、夜食べる冷たい肉を知っていた。モンマルトル通りで経験することは、ほかの娘ならショックを受けただろうが、アガートはまったく動じなかった。彼女は厳しい学校に通っていたので、学校の規則のせいで目と鼻孔のあたりに人を拒む表情が刻みこまれ、この表情が最初はダルジュロスの尊大さとそっくりに見えたのだ。

子供部屋で、アガートは地獄から天国に昇ったようなものだった。彼女は生き、呼吸した。不安はなにも感じず、友だちが麻薬を使うのではないかと心配する必要もまったくなかった。なぜなら、彼らはほかの麻薬を寄せつけない生来の麻薬の影響を受けて行動しており、彼らにとってほかの麻薬をやることは、白の上に白を、黒の上に黒を重ねることにしかならなかっただろう。

だが、錯乱におちいることはあった。熱に浮かされ、部屋が歪んだ鏡張りに変わるのだ。そんなときアガートはふさぎこみ、生来の麻薬とはいってもやはりこの謎の麻薬は毒なのではないのか、結局すべての麻薬はガスによる窒息死にいたるのではないか、と悩むのだった。

だが、重荷が下ろされると、バランスが回復し、疑いは消え、安心が戻った。それでも麻薬は存在していたのだ。エリザベートとポールは生まれながらに、血液のなかにこの途方もない物質を循環させていた。

麻薬は周期的に作用し、環境を変えた。この環境の変化、できごとの周期のさまざまな段階は、一挙に表れるわけではなかった。変化ははっきりとは感じとれず、混乱の中間地帯を作りだす。ものごとがたがいに逆向きに動き、ようやく新しい形を描いていく。

例の遊戯は、エリザベートのなかではもちろん、ポールのなかでさえ、ますますその余地を失っていった。ジェラールはエリザベートに夢中で、遊戯どころではなかった。それでも姉弟は遊戯の世界に入ろうとしたが、どうしても入れないことに苛立っていた。出発することもなかった。放心して、夢のまにまに翻弄される感じだ。しかし、じっさいは別の場所に出発していた。もっぱら自分の外に飛びだす方法に慣れていたせいで、自分の内に沈みこむこの新たな段階をただの放心だと思いこんでしまったのだ。ラシーヌはヴェルサイユ宮の祭典において機械仕掛けで神々を出したり引っこめたりしたのち、悲劇のなかでは人間の心の葛藤を描いた。そのように、機械仕掛けに代わって、心の葛藤が前面に出てきたのだ。子供たちの祭典は完全におしまいになった。自分のなかに降りてゆくことは、彼らには不得意な技だった。そこでは、暗闇と感情の亡霊に出会うばかりだった。

「ちくしょう！」ポールは激怒して叫んだ。

みんなが顔を上げる。ポールは黄泉の国に出発できないことで怒り狂っていた。この「ちくしょう！」という叫びは、遊戯の途中でアガートの身ぶりを思いだしたために、遊戯が中断されてしまった不機嫌を表していた。ポールはこれをアガートのせいにし、不機嫌さを彼女にぶつけた。八つ当たりの原因はあまりに単純だったので、ポールは内心で分かっていたし、外にいるエリザベートも分かっていた。

エリザベートはといえば、沖へ出ようと試みていたが、流されるばかりで、乱れた物思いに沈みこみ、とっさにポールの八つ当たりに乗じて、自分の外へと脱出した。姉は弟の恋の悩みを勘違いしていた。「アガートがあの男に似ているので、いらいらしているのね」。姉弟は、かつては解決できない問題を解決する能力を見せたが、いまは自分で自分のことが分からない無能力にとらわれ、アガートをだしにして罵りあいを再開するのだった。

叫びすぎれば、声はかれる。口論のテンポが落ち、おしまいになった。戦士たちはふたたび夢想をむしばむ現実生活にはまりこみ、無害な物だけで満たされた幼年期の植物的生活から遠ざかっていた。

エリザベートがダルジュロスの写真を宝物に加えようとした日、いかなる不思議な保身本能が、いかなる魂の反射運動が彼女の手を躊躇させたのか？　おそらく、そうした本能や反射運動を引きおこしたのは、ポールに、その悲しみには似合わない軽やかな声で「これを入れようか？」と叫ばせたもうひとつの本能、もうひとつの反射運動だったのだろう。ダルジュロスの写真はつねに危険を秘めていた。ポールは、現行犯で見つかった人間がふざけた調子で口から出まかせをいうように、写真を宝物に入れようと提案した。エリザベートは、ポールとジェラールが自分に陰謀を企んでいる場合に備えて、弟の提案を冷たく受けいれ、自分は何もかも承知しているのだというふうを装い、二人を煙に巻くつもりで、嘲るような仕草をして部屋をあとにしたのだった。

すでに見たとおり、引出しの静寂がゆっくりと、悪意をもって、ダルジュロスの写真を石のような物体に変えていた。アガートが写真を振りまわしたとき、それがポールの目に不思議な雪の球に映ったことは当然だった。

第2部

11

何日も前から、子供部屋は大波に揺られていた。エリザベートは、ある気持ちいいこと（ほんとに気持ちいいのよね、と彼女はしつこくいった）に関して、隠しだてとほのめかしの戦術を駆使して、ポールにその分け前をまったくあたえず、責め苦を味わわせていた。アガートがエリザベートの打ち明け話の相手で、ジェラールが共犯者だった。ほのめかしたことの真相が明るみに出そうになると、エリザベートは目くばせをした。この戦術は思いのほか成功を収めた。ポールは好奇心に焼かれてじりじりしていた。自尊心だけが最後の砦となって、ポールはジェラールとアガートからこっそり聞きだそうとはしなかったが、いずれにせよエリザベートは二人に、ばらしたら絶交だからね、とかなんとかいって、口を開くことを禁じていたにちがいない。

だが、好奇心が勝った。ポールは、エリザベートがふざけて「楽屋口」と呼ぶ場所でひそかに三人組を待ち伏せした。すると、ジェラールと一緒にスポーツマンらしい若者が服飾店の前で娘たちを待ち、それから車で連れ去るのを目撃した。

夜の喧嘩は絶頂に達した。ポールは姉とアガートをうす汚い淫売と罵り、ジェラールをポン引き扱いした。こんな家は出ていってやる。いくらでも男を連れこめばいい。最初から分かっていた。モデルなんてのは、淫売、それも最下級の淫売だ！　姉さんが猟犬みたいにアガートをくわえてきたんだ。それにジェラール、そう、ジェラールにはこの責任を全部とってもらうからな。

アガートは泣いた。エリザベートは、「ほっときなさいよ、ジェラール。ばかみたい……」と落ちついた声で割って入ったが、ジェラールは色をなして、あの若者は叔父さんの知りあいで、名前はマイケル、ユダヤ系のアメリカ人で、ものすごい大金持ちなのだとまくしたてた。そして、もう隠しごとはやめて、マイケルをポールに紹介しようと思っていたのだと弁明した。

ポールは「卑しいユダヤ人」と知りあいになるなんてまっぴらだ、翌日の待ち合わせの時間には平手打ちを食らわせに行ってやる、と怒鳴りちらした。

「なんてことだ」ポールは憎悪で目をぎらぎらさせながら続けた。「ジェラールと姉さんはこの子を連れて行って、そのユダヤ人の腕に押しこんだってわけだ。彼女を売りつけるつもりなんだな！」

「いい加減にしてよ」とエリザベートがいい返す。「弟だから特別に教えてあげますけどね、見当違いもいいところよ。マイケルはあ、た、し、を迎えに来たの。あたしと結婚したがってるのよ。あたしも彼をすごく気に入ってるわ」

「結婚だって？　姉さんと！　気でも狂ったのか。鏡を見たことがないんだな。結婚なんてできっこない。醜くて、阿呆だからだ！　阿呆の女王様だ！　一杯食わされたんだよ、ばかにされてるのさ！」

そして引きつけを起こしたような笑い声を上げた。

エリザベートは、ユダヤ人であるとかないとかいう話が、自分にとってもポールにとっても、ぜんぜん問題ではないことが分かっていた。体が熱くなり、気分がよくなるのを感じた。心が軽くなって、部屋の端まで広がっていく。彼女は弟の笑いが大好きだった！　顎の線があんなに残忍に変わってる！　ここまで弟をからかえるとは、なんて素敵なことだろう！

次の日、ポールはばかなことをしでかしたと感じていた。自分の罵りが度を越していたと認めたのだ。アメリカ人がアガートを欲しがっていると邪推したことなどすっかり忘れて、こんなことを考えていた。「エリザベートは自由だ。誰とだって結婚すればいい。ぼくの知ったことじゃない」。そして、自分がなぜ腹を立てたのか不可解に思った。

ポールは不満だったが、徐々に説き伏せられ、マイケルと会うことになった。

マイケルは子供部屋と完全に対照をなす人間だった。それがあまりにも明確で強烈な対照だったので、その後、子供たちの誰ひとりとして、この部屋に彼を招こうとは考えなかった。マイケルは彼らにとって外の世界を代表していた。

一目見て、マイケルは地上に生きる人間だと分かった。現に、地上に莫大な財産を持っていて、レーシングカーだけがときおり彼を酔わせるのだ。

この映画のようなヒーローには、ポールの反感も敗れるに決まっていた。ポールは屈服し、夢中になった。小さな一団は車で街路を突っ走った。ただしマイケルは、四人の共犯者が子供部屋に呼び戻される時間を、ばか正直にも睡眠に当てるのだった。マイケルは夜の共犯芝居でも大きな地位を占めていた。四人は彼を夢想し、崇め、すっかり別人に仕立てあげた。

マイケルは、『夏の夜の夢』で妖精の女王タイタニアが眠っている人びとに及ぼしたのと同じ魔力を持つようになったが、次に四人に再会したとき、よもや自分がそんな魔力をふるっているとは想像もしなかった。

「あたしがマイケルと結婚したらどうかしら？」

「エリザベートがマイケルと結婚したらどうだろう？」

それぞれの個室を持つ未来が実現されるだろう。驚くべき速さで姉弟は突飛な考えへと押し流され、別々の部屋を持つ計画を進めた。その様子は、一枚の皮膜でつながった双生児がインタビューに応じて、大胆にもそれぞれの未来の計画を語るのに似ていた。

ただひとり、ジェラールだけは我慢して、顔をそむけていた。自分がこの巫女、この聖なる処女と結婚することなどできるわけがない。映画のなかのできごとのように、車に乗った若者がエリザベートをさらっていくべきなのだ。聖なる場所の禁忌を知らない者だけが、そんな大胆な振舞いに及べるだろう。

そして子供部屋の日々は続き、結婚が準備され、均衡は元のまま保たれた。それは、道化師がうずたかく積まれた椅子の上に立って舞台と客席のあいだで揺れているような、気分が悪くなりそうな均衡状態だった。

めまいを引きおこすこの気分の悪さが、大麦糖の飴の食べすぎによる月並みな胸の悪さにとって代わった。恐るべき子供たちは、無秩序と、べとべと絡みつく感情の混沌を腹一杯につめこむのだった。

マイケルはそんな事態を違う目で見ていた。君は神殿の巫女と婚約したんだぞ、といわれたら、びっくり仰天したはずだ。彼にしてみれば、魅力的な女の子を愛し、結婚するだけのことだ。そして笑いながら、エリザベートに、エトワール広場の豪邸や何台もの車や巨万の富を贈った。

エリザベートはひとつの部屋をルイ十六世時代風に飾りつけた。サロンや、音楽室や、体操室や、プールや、ひどく大きな珍妙な広間は、マイケルに任せるつもりだ。その広間は一種の仕事部屋であり、食堂、ビリヤード場、フェンシング場でもあり、木々に面した高い窓がついていた。アガートはエリザベートと一緒に来ることになっている。エリザベートは自分の部屋の上に、アガートのための小さな部屋を確保しておいた。

アガートは、あの子供部屋とこれっきりお別れになるという悲劇を覚悟していた。部屋の魔力とポールとの親密なつきあいを偲んでひそかに涙を流した。あの夜の時間はどうなってしまうのだろう？　だが、弟と姉の絆が断たれると、そこから奇跡が飛びだした。この断絶、この世界の終わり、この難破を、ポールもエリザベートも悲しまなかったのだ。二人は自分たちの行為がもたらす直接あるいは間接の結果について考えようとはせず、すぐれたドラマと同じく筋の進行や結末の接近を気にかけなかった。ジェラールは自分を犠牲にし、アガートはポールの意向に従った。

ポールはこういったのだ。

「これは都合がいい。叔父さんが留守のときは、ジェラールがアガートの部屋（彼らはもうママの部屋とは呼んでいなかった）を使えばいいし、マイケルが旅に出るときは、女の子たちはこの家に戻ってくればいい」

女の子たちという言葉に、ポールがこの結婚を真剣に考えておらず、将来のことは分からないと思っていることがよく表れていた。

マイケルはポールもエトワール広場の邸に住んでほしかった。だがポールは独り暮らしの計画に固執し、マイケルの申し出を断った。そこでマイケルは、マリエットも含めてモンマルトル通りのごくささやかな出費を負担することにした。

新郎の数えきれない財産の管理者たちを立会人にして、慌しい結婚式を済ませたあと、エリザベートとアガートが新居に落ち着くまでのあいだ、マイケルは南仏のエー

夫

ズで一週間過ごすことに決めた。マイケルはそこに家を建てさせており、建築家が彼の指示を待っていたからだ。マイケルはレーシングカーに乗って出発した。戻ったら夫婦の生活が始まるはずだった。

だが、子供部屋の精霊が見張っていた。

こんなことを書きたくはないが、カンヌとニースのあいだの道路でマイケルは死んだ。

レーシングカーは車体が低かった。首に巻いていた長いマフラーが風に流され、車輪の軸に絡みついた。マフラーはマイケルの首を絞め、乱暴に引きちぎった。その間、車はスリップし、木に突っこみ、大破して、ものいわぬ残骸となった。一個のタイヤだけが宝くじの抽選盤のように空中で回転し、しだいに速度を落としていった。

12

遺産相続、各種の署名、財産管理人との会談、喪のベール、そして疲労が、法的手

マイケルの死

続きでしか結婚を知らない娘を打ちのめした。叔父と医師はもう金銭を用いて協力する必要はないので、体力を用いて協力していた。だが、それでいつもより感謝されたわけではない。エリザベートは雑務をすべて叔父と医師に肩代わりしてもらっていた。財産管理人たちと協力して、叔父と医師は遺産を整理し、計算し、換金した。その金額はただの数字にすぎなかったが、想像をはるかに超えるものだった。

ポールとエリザベートが生まれながらに裕福さへの資質を備えていることはすでに言及した。その資質のせいで、彼らの生来の裕福さに加わるものは何もなかった。遺産相続がそれを証明した。だが、悲劇の衝撃のほうは姉弟を大きく変えた。二人はマイケルを愛していた。結婚と死という予想外のできごとは、ほとんど秘密を持たなかったこのアメリカの青年を秘密の領域に送りこんだ。生きたマフラーが彼を絞め殺し、子供部屋の扉を開いた。そうでなければ、マイケルはけっしてそこに入ることができなかっただろう。

モンマルトル通りでエリザベートとポールが髪の毛を引っぱりあっていたころ、

ポールが温めていた独り暮らしの計画が実現された。しかし、アガートが家を出ていってしまうと、それは耐えがたいものになった。ポールが単にわがままで食いしん坊だった時代にはこの計画も意味があった。しかし、年齢とともにさまざまな欲望が深まり、独り暮らしは特別な意味を失ってしまった。

これらの欲望ははっきりした形をとらなかったが、ポールがあれほど渇望した孤独はなんの満足感ももたらさず、それどころか、心にひどい空洞をうがつことを発見した。その憂鬱を理由に、彼は姉の家で暮らすことを受けいれた。

エリザベートはポールにマイケルの部屋をあたえた。その部屋とエリザベートの部屋は広い浴室を介して隣りあっていた。

三人の混血児と黒人の召使頭からなる使用人はアメリカに帰りたいと申しでた。マリエットは同郷の女を雇った。運転手はそのまま残った。

ポールが新居に落ち着くとすぐ、エリザベートの部屋に共同寝室がふたたび作られた。

アガートはひとりぼっちで上の部屋にいるのが怖かったし……ポールは円柱付きの

ベッドで寝心地が悪かったし……ジェラールの叔父さんはドイツの工場を見に行ってしまったし……結局、アガートはエリザベートのベッドで寝るようになり、ポールは寝具を引きずってきて長椅子の上に休息所を作り、ジェラールはショールを積みかさねた。

この架空の部屋、どこにでも作り替えることができる部屋に、マイケルはあの惨劇ののちにようやく住みつくようになった。聖なる巫女！　エリザベートをそう考えたジェラールは正しかった。自分も、マイケルも、この世の誰も、エリザベートを自分のものにすることはできないだろう。この理解不可能な円環状の障壁が、愛の力でジェラールの目には見えた。その円環はエリザベートを愛から隔離し、この円環を侵す者は命を奪われるのだ。仮にマイケルがこの聖なる処女を所有することができたとしても、神殿を自分のものにすることは絶対にできなかっただろう。この神殿で生きるためには死ぬほかないのだ。

13

憶えておられると思うが、エトワール広場の邸には、ビリヤード場、仕事部屋、食堂を兼ねた広間がある。この多目的ホールはそのいずれでもなく、なんの役にも立たないので結局無目的だった。帯状の絨毯が階段に敷かれ、右側のリノリウム張りの床を横切って、壁で止まっている。広間に入ると、左側に食事用のテーブルが見え、その上にシャンデリアのような器具が吊られ、数脚の椅子と、好きな形に折りたためる木製の衝立があった。この衝立が食堂らしき部屋と仕事部屋らしき部屋とを隔てている。仕事部屋には、別のテーブルがあって、そのまわりに雑然と、ソファや、革張りの肱掛椅子や、回転式の書棚や、平面地球図が集められていた。テーブルは建築家が用いる仕様で、そこに反射鏡のついた電気スタンドが載って、この広間の唯一の光源になっていた。

揺り椅子がいくつかあるだけのがらんとした空間を抜けると、ビリヤード場になっており、あまりの静けさに驚かされる。高いガラス窓から、天井のところどころに光の見張り番たちが投映されている。地面より低い床に落ちた光はフットライトとなって、芝居で見る月明りのようにあたり一面を浸していた。

ランプが忍びより、窓がすうっと開き、泥棒が音も立てずに飛びおりてくるような気がする。

この静寂、このフットライトは、モンマルトル通りの広間、かつて雪によって宙吊りにされた広間を思いおこさせたし、雪合戦のおこなわれる前、雪のせいで客間くらいに小さく見えたモンティエ広場を連想させた。それと同じような孤独感と期待が醸しだされ、ガラス窓は広場の蒼白い建物の正面にそっくりだった。

この広間はまるで、あとになって台所や階段を作り忘れたことに気づいた建築家の、とんでもない設計ミスのせいでできあがった部屋のようだった。

マイケルは邸を改築したが、つねにぶつかるこの袋小路の問題を解決することはできなかった。とはいえ、マイケルのような人間にとって、計算が狂うことは生命が手を加えたしるしであり、機械が人間と同じように敗北する瞬間を意味している。死にかけている邸のこの袋小路は、生命が命を賭けて避難した場所だった。完全無欠な建築様式と、鉄筋コンクリートの軍団に追いつめられ、生命はこの広大な一角に身を隠した。それは、王位を追われた王女が手あたりしだいなんでも身につけて逃げだしてきた姿に似ていた。

客はこの邸を、「余計なものが何もない。なんでもないものしかない。億万長者にしては大したものだ」といって賞讃した。いっぽう、ニューヨークかぶれの連中はこの部屋を軽蔑しただろうが、ここがどれほどアメリカ的であるか（マイケルと同様）思いも及ばなかった。

この部屋は、鋼鉄と大理石の建築よりはるかに雄弁に、オカルト教団と神智論者の都市の本質を物語っていた。そこには、クリスチャン・サイエンス派、クー・クラックス・クラン、女相続人に神秘の試練を課す遺言書、葬儀会館、こっくりさん、エドガー・ポーの夢遊病者たちが蝟集《いしゅう》していた。

この精神病院の待合室、死人が実体化して自らの逝去を遠隔告知するのに最適の舞台装置には、さらに、ユダヤ人好みの大聖堂や、教会内陣や、超高層建築の屋上デッキを思わせるものがあり、そこでは、貴婦人たちがゴシック様式の礼拝堂に暮らし、オルガンを奏で、蠟燭《ろうそく》に火を絶やさない。じっさい、ニューヨークは、ルールドよりも、ローマよりも、世界中のいかなる聖地よりも、大量の蠟燭を消費する都市なのだ。

この広間はなんにでも怯える子供たちに最適の居場所だった。彼らは廊下を横切るのを怖がり、目が覚めると、家具がみしみし音を立て、ドアの把手が回る音を耳にするのだった。

同時に、この怪物のような物置小屋は、マイケルの弱点であり、彼の微笑み、彼の魂の最良の部分だった。この部屋はマイケルのなかに何かが存在していたことの証しであり、この何かは、彼がエリザベートやポールと出会う前から彼のなかにあって、彼をこの姉弟にふさわしい人間に仕立てあげていた。この部屋を見れば、ここから彼を追いだすことがじつに不当な仕打ちであり、彼の結婚と悲劇が宿命だったことが分かる。ここには大いなる神秘が透けて見えていた。エリザベートがマイケルと結婚したのは、彼の財産のためでも、力のためでも、優雅さのためでも、魅力のためでもない。彼女がマイケルと結婚したのは、彼の死のためだったのだ。

この広間を別格として、子供たちが邸の隅々まで真の子供部屋を探し求めたのは当然のことだった。彼らは苦悩する魂のように、自分たちの二つの寝室のあいだをさまよっていた。不眠の夜は、雄鶏が夜明けを告げるとすぐに逃げだすひょうきんな幽霊ではなく、いつまでも宙に漂う重苦しい亡霊だった。姉弟はようやく自分たちの個室をもち、それを捨てる気は毛頭なかったが、怒って自分の部屋に閉じこもるか、さもなければ敵意にみちた足どりで、唇を固く結び、ナイフで刺すような目つきをして、たがいの部屋から部屋へと行き来するのだった。

広間は子供たちに呪いの言葉を投げてきた。その声が彼らを怯えさせ、敷居をまたぐことをためらわせた。

彼らは、この場所には奇妙な魔力があること、それもただならぬ魔力があることに気づいていた。広間は、たったひとつの錨につながれた船のように、あらゆる方向に漂流していたのだ。

どこかほかの部屋にいると、この広間の位置が分からなくなるし、この広間に入ると、ここがほかの部屋に対してどこに当たるのか見当がつかなくなる。台所から聞こえてくるかすかな皿の音で、かろうじて方角が分かるといった具合だ。

こうした音と魔法の数々は、幼いころ泊ったスイスのホテルを思いださせた。登山電車に乗ってホテルに到着し、夢心地でいると、部屋の窓が世界の果ての垂直な崖の上に開き、すぐ目の前に、通りの向かい側のダイヤモンドの宮殿のように氷河が迫っているのだった。

いまや、エリザベートたちをしかるべき場所に導き、金の葦[8]を手に持って、境界線を描き、その場所を指し示すのは、マイケルの役目だった。

ある晩のこと、エリザベートに眠るのを邪魔されたポールは、ふくれ面をして、扉

8　「ヨハネの黙示録」の最後で天使が新たな聖都の大きさを測る物差しとしてもちいた。

を音高く閉め、寝室を抜けだして、広間に避難した。

何かを観察するのは得意ではなかったが、激しい霊気のほとばしりが感じられたので、その音を頭に刻みこみ、すぐに自分のための管弦楽へと編曲するのだった。

光と影の面が神秘的に交替するこの場所に来て、ひと気のないスタジオの舞台装置に入りこむと、ポールはすぐさま何ものも見逃さない用心深い猫に変身するのだった。その目はぎらぎらと輝き、立ちどまり、事物のあいだを縫うように歩きまわり、くんくん匂いを嗅ぐ。部屋をモンティエ広場に変えたり、夜の静寂を雪に変えたりすることはできないが、この場所の奥深くに、前世で既に視たものをふたたび見出すのだった。

彼は仕事部屋をじっくり眺め、立ちあがり、うろつきまわり、肱掛椅子を周囲から遮断するように衝立を立てめぐらし、そこに体を沈めて、足を椅子に載せた。それから、心を空っぽにして、出発しよう、と試みた。ところが、肝心の主人公を置きざりにして、舞台装置のほうが出発してしまったのだった。

ポールは苦しんでいた。自尊心の苦しみだ。ダルジュロスの分身への復讐は散々な失敗となった。アガートが彼を支配していた。そしてポールは、自分がアガートを愛していること、アガートのやさしさに支配されていること、だが支配されるがままになっていればいいのだということを理解できず、身構え、逆らい、自分で悪魔だと思いこんだものと格闘し、どうにもならない宿命と戦っていた。

ゴムホースでひとつの桶から別の桶へ水を移すには、ちょっとした呼び水をすれば足りる。

翌日、ポールは用意を整えて、セギュール夫人の『休暇』という本に出てくるような小屋を作った。衝立をめぐらせて扉を作った。上部が開いたこの城壁は、広間の超自然的な事物の仲間入りをし、無秩序で満ちあふれた。ポールはここに、石膏の胸像、宝物、書物、空の箱などを運びこんだ。汚れた下着やシーツが山積みにされ、大きな鏡がまわりを映しだした。折り畳み式ベッドが肘掛椅子を追放し、電気スタンドの反射鏡には赤い木綿の布がかぶせられた。

エリザベートとアガートとジェラールは、最初に何度か見物に来たのち、この心躍る家具の風景から離れて暮らすことができなくなり、ポールのあとを追ってここに引越してきた。

みんな生きかえったのだ。キャンプを張り、月光と影の水たまりで遊んだ。

一週間も経つと、魔法瓶がシャルルのカフェの代わりをし、衝立のなかだけが部屋となり、リノリウムで囲まれた絶海の孤島となった。

姉弟がそれぞれの個室に分かれ、二人の仲がぎくしゃくするようになってから、アガートとジェラールは自分たちを余計者のように感じ、ポールとエリザベートの苛立ち（ひどく陰気な苛立ち）を子供部屋の雰囲気が失われたせいだと考え、二人でよく外出するようになった。二人の親しみは同病相憐れむ友情だった。ジェラールがエリザベートを地上より高く祭りあげたように、アガートはポールを高く祭りあげていた。二人とも恋をしていたが、不満を表すことはなく、けっして自分の愛をうち明けるつもりもなかっただろう。台座の下に立ち、上を見あげて、偶像を崇拝していた。アガートは雪の若者を、ジェラールは鉄の処女を。

二人とも、自分たちの熱情とひき換えに、好意以上のものがあたえられるとは思ってもいなかった。自分たちが受けいれてもらえることを望外の幸せと感じていたので、

部屋（中国の城市）

姉弟の夢想の重荷になると考えただけで身震いし、すこしでも負担になったと思うと、そっと身を引くのだった。

エリザベートは車のことを忘れていたが、運転手を見て思いだした。彼女がジェラールとアガートをドライブに連れだした夕方のこと、ポールはひとりで邸に残り、いつもの態度に閉じこもっているとき、突然、愛を自覚した。

めまいがするほどアガートの偽者の写真を見つめていて、この自覚に襲われ、彼は石のように凍りついた。目から鱗が落ちた。図案文字を解読する人のように、最初は文字と絡みあって混乱を引きおこしていた無意味な線が、もう目に入らなくなった。

女優の楽屋のように、衝立には、モンマルトル通りから剝がしてきたグラビア雑誌の写真が貼ってあった。夜明けに中国の池で派手なキスの音を立てて蓮の花が開くように、殺人犯や女優の顔がそこで一挙に開花したのだ。ポールの好きなタイプが出現し、鏡の宮殿に映されて増殖した。そのタイプはダルジュロスに始まり、暗い街角で拾ったつまらない娘たちの顔で徐々に明瞭になり、薄い衝立に貼られた写真の顔にも表れ、アガートの顔となって純粋に結晶した。この愛を自覚するまで、どれほどの準備と、下書きと、手直しが必要だったことか！　この若い娘がかつての学友に似ているせいで自分が苦しんでいるのだと思っていたポールは、いまや、運命がどれほど入念に武器を選び、ゆっくりと照準を合わせ、人の心臓を狙うものか、とうとう思い知ったのだ。

ポールのひそかな好み、特別なタイプへの好みは、この出会いにはなんの役にも立たなかった。なぜなら、無数の若い娘のなかから、アガートをエリザベートの友人に選んだのは運命だったからだ。したがって、この責任が誰にあるかと考えるならば、アガートの両親がガス自殺した一件にまでさかのぼらなければならない。

ポールは自分とアガートがめぐり会ったことに感嘆した。降って湧いたこの洞察力が愛以外のことにも向けられたなら、ポールの驚きはさらに果てしなく広がっただろう。そして、運命の働きの途方もなさに気づいたはずだ。運命はレースを編む女のように、私たちをクッション代わりに膝の上に置き、女たちの針の動きをゆっくりと真似て、私たちを針で穴だらけにするのだ。

この部屋は落ち着いてじっくり考えるにはまったく不向きな場所だったので、ポールは自分の愛を夢見ながら、初めはアガートをこの世の形あるものとして自分の愛に結びつけることができなかった。彼はアガートぬきで恍惚としていたのだ。突然、鏡のなかに自分のたるみきった顔を発見し、くだらないことで歪んだ顔を恥じた。彼は悪には悪をもって報いたかった。ところが、報いるべき悪は善だったのだ。そこですぐにも善をもって善に報いたくなった。だが、そんなことが可能だろうか？　彼は恋をしていた。だからといって、相手から愛されているとか、いつか愛されるようになるとか、そんな保証はどこにもない。

ポールは自分が人から敬意を受けるとは思えなかったので、アガートの敬意がじつは嫌悪感ではないかとさえ考えた。そう考えると苦しかったが、その苦しみは、自尊心から来ると思われた陰気な苦しみとはもうなんの関係もなかった。苦しみが彼を踏みにじり、責めたて、答えを出せと迫った。苦しみで居ても立ってもいられなかった。行動し、なすべきことをしなければならない。告白するなどもってのほかだ。それに、どこで告白するというのか？　同じ宗教を信じて、同じ儀式をおこない、しかもその

ポールと彼の手紙

宗教が分裂しようという騒ぎのなかで、ひそかに策略をめぐらすことなど不可能だった。また、彼らの生活はたがいに絡まりあって、特別な機会に特別な話をすることなどめったになかったので、かりに何かいっても本気にされない恐れがあった。

ポールは手紙を書くことを思いついた。石が落ちて、静かな水面にさざ波が立った。二つ目の石は予想もできない別の結果を呼ぶだろうが、それがポールに代わってけりをつけてくれるはずだ。この手紙（速達）は偶然の手にゆだねられる。仲間全員に見られるか、アガートだけが見るか、それによって行く末は変わる。

動揺していることを悟られず、翌日まで仏頂面を押しとおし、その隙に手紙を書いて、上気した赤い顔を見られないようにするのだ。

この作戦はエリザベートを苛立たせ、あわれなアガートをがっかりさせた。アガートはポールが自分を嫌い、避けていると思いこんだのだ。翌日は仮病を使って、ベッドから出ず、夕食も自分の部屋でとった。

エリザベートはジェラールとさし向かいで暗い気分の夕食を済ませ、急いでジェ

玄関に手紙を運ぶポール

ラールをポールのところに行かせた。あたしがアガートの風邪の看病をしているあいだに、あなたはポールの部屋に入りこんで、あの子を問いつめて、あたしたちの何に腹を立てているのか聞きだしてちょうだい、というのだ。

エリザベートが行くと、アガートはベッドに伏せ、枕に顔を埋めて、泣いていた。エリザベートは青ざめている。この家を浸す不穏な気配のせいで、彼女の魂の深層が眠りから覚めたのだ。秘密の匂いを嗅ぎつけ、これはいったいなんだろうと考えた。もはやエリザベートの好奇心をさえぎれるものはなかった。不幸な娘をやさしく抱き、静かにゆすって、告白に導いた。

「あの人を愛しているの、大好きなの。でも、彼はあたしを軽蔑しているわ」アガートはすすり泣いた。

やっぱり恋か。エリザベートは微笑んだ。

「おばかさんね」アガートがジェラールのことをいっているのだと思い、エリザベートは声を大きくした。「どんな権利があってあの人があなたを軽蔑するっていうの。それとも彼がそういったの？　違うんでしょ！　だったらいいじゃないの！　運がいいわね、あの間抜け男！　愛しているなら、結婚してもらいなさい。結婚しなさいよ」

エリザベートがばかにするどころか、思いもよらぬ解決法を提示してくれたので、この年上の娘の善意でアガートは麻酔にかかったようになり、安堵感から泣きくずれた。

「リズ……」と若い未亡人の肩に顔を押しあてながら、アガートはささやいた。「リズ、あなたはいい人ね、とってもいい人……でも、彼はあたしを愛していないわ」

「ほんとにそう思うの？」

「ありえない……」

「でも、ジェラールは内気な子だから……」

そして、エリザベートが肩を濡らしたまま、アガートをやさしくゆすり、愛撫し、言葉を続けようとしたとき、アガートは身を起こした。

「違うの……リズ……ジェラールじゃないの。あたしがいってるのはポールのことよ！」

エリザベートは立ちあがった。アガートは口ごもった。

「ごめんなさい……許して……」

エリザベートは、じっと目をすえ、手を垂らして、母親の部屋にいるときのように、立ったまま体が沈んでいく感覚を味わっていた。かつて母親が母親とは似ても似つかぬ死女にとって代わられるのを見たように、アガートを眺めていると、涙にくれる小さな娘に代わって、不吉なアタリー、この家に忍びこんだ泥棒女の姿が現れた。

エリザベートはもっとくわしく知りたかったので、自分の気持ちを抑えた。ベッドの端に来て腰かけた。

「ポールですって！　驚いたわ。思ってもみなかった……」

やさしい声に変わる。

「びっくりしたわねえ！　でもしっくり来ない。よく分からないの。教えて、早く話をしてよ」

エリザベートはふたたび相手に抱きつき、その体をゆすりながら、打ち明け話に誘導した。策を弄して、暗闇でひしめきあう感情を明るみに引きだそうとした。

アガートは涙を拭い、洟をかみ、体をゆすられながら、説得された。心の中身をすべてぶちまけ、自分でもはっきりと言葉にはできなかったはずの思いをエリザベートに向かって告白した。

エリザベートは、控えめで崇高な愛を描きだす言葉に耳を傾けていた。年下の娘のほうは、顔をポールの姉の首筋と肩に押しつけて語っていたが、自分の髪を機械的に撫でる手の上方を見ることができたなら、そこに無慈悲な判事の顔を発見して茫然としたことだろう。

エリザベートはベッドを離れた。うっすら微笑んでいる。

「いいこと、休んでいなさいね」と彼女はいう。「何もしなくていいの。簡単な話よ。ポールの考えを聞きだしてくるわ」

アガートはぞっとして、体を起こした。

「だめよ、だめだめ、何も知らせないで！　お願い！　リズ、リズ、彼にはいわないで……」

「いいから任せておきなさい。ポールを愛しているんでしょ。ポールのほうも愛していれば、万事うまくいくのよ。悪いようにはしないから、落ち着いて。何気なく話をして、うまく聞きだすわよ。あたしを信用して、眠りなさい。この部屋から出てはだめよ」

エリザベートは階段を下りた。バスローブを着て、ベルト代わりにネクタイを巻いていた。バスローブが長いので、足に絡みついてくる。しかし、彼女は機械のように下っていった。かすかな音しかしない装置で動かされているようだ。この装置が彼女を支配し、バスローブの裾を踏まないようにサンダルを操り、右に左に曲がるように命じ、扉を開けたり閉めたりさせていた。エリザベートは自分が自動人形になって、いくつもの行為をこなすようにネジを巻かれ、途中で壊れないかぎり、その行為を最後まで完遂せねばならないと感じていた。心臓の鼓動が斧のように胸を叩き、耳は割れんばかりに轟き、着実に前に進む足どりにふさわしい考えはなにも頭に浮かばなかった。夢のなかでは重い足音が聞こえ、考えは向こうから忍びよってきて、私たちに飛翔よりも軽い足どりをあたえ、彫像の重さと潜水者の軽さとを結びつける。

エリザベートは、重く、軽く、飛ぶようだった。踵《かかと》に絡みつくバスローブの裾は、中世の画家が天使や悪魔の足元に描く雲のように見えた。頭は空っぽのまま、次々と廊下を通りぬけていく。耳に聞こえるのはかすかなざわめきだけで、胸では木樵《きこ》りが打ちこむ斧の音が規則正しく響いていた。

この瞬間から、若い娘は止まることができなくなった。子供部屋の精霊にのり移られ、そのいいなりになった。なにかの精霊にとり憑かれて、実業家が倒産を阻止するための命令を矢継ぎ早に下したり、水夫が船を救うために身を投げだしたり、犯罪者がアリバイを証明するためにしゃべりだして止まらなくなるのと同じことだ。

こうして歩きつづけ、がらんとした広間に下りる小さな階段の前に出た。階段からジェラールが上がってくる。

「きみを探していたところだ」とジェラールはいった。「ポールが変なんだよ。姉さんを連れてきてくれっていうんだ。アガートの病気はどうだった?」

「偏頭痛なの、寝かせておいてほしいって」

「彼女の部屋に上がろうと思っていたんだけど……」

「上がっちゃだめよ。休んでいるんだから。あたしの部屋に行っていて。ポールの様子を見てくるから、それまであたしの部屋で待っていてちょうだい」

ジェラールが黙って従うことを確信していたので、エリザベートは広間に入った。かつてのエリザベートが一瞬目を覚ます。偽の月光、偽の雪、鏡のようなリノリウムの床、そこに映る無用の家具類、それらが織りなすこの世のものならぬ戯れを見出した。広間の真ん中には、中国の都市、聖なる城壁、ポールの部屋を守る柔らかな高い壁があった。

エリザベートは壁の周囲をひとまわりし、衝立を一枚ずらしてなかに入った。ポールは床に座っていた。上体と首を布団の山にもたれさせて、泣いていた。その涙は壊れた友情に注がれるものではなく、アガートの涙にも似ていなかった。睫毛のあいだで生まれ、大きくなり、あふれ、長い間隔を置いて下に流れだし、頰を迂回して、半ば開かれた口に達し、そこでいったん止まり、ほかの涙と同じくふたたびそこから流れだした。

ポールは速達が劇的な結果を引きおこすのを待っていた。アガートが受けとってい

エリザベートの夜（衝立）

ないはずはない。反応が返らず、待っているのは死ぬほどつらい。慎重に振舞い、沈黙を守ると自分に誓ったのだが、そんな誓いなどどこかへふき飛んでいた。なにがなんでも知りたかった。確かめずにいられない。エリザベートはアガートの部屋から帰ってきたところだ。ポールは尋ねてみた。

「速達ってなんのこと?」

いつものエリザベートの流儀ならば、さっそく口論になったことだろう。罵りあって頭に血が上り、ポールに黙れとか、返事をしろとか、もっと大声でわめくがいいとかいったはずだ。だが、ポールの前にいたのは裁判官、心やさしい裁判官だった。それで彼は告白した。愛の自覚、自分の無器用さ、速達のこと、すべてを話して、アガートが自分を嫌っているかどうか教えてほしいと姉に懇願した。

エリザベートはこの続けざまの打撃を受けて、方向転換の指示を受けた人形のように反応した。速達の話は予想外のできごとだ。アガートは知っていたのか、知っていてあたしをだましたのか？　速達を開けるのを忘れていたのか、それとも、筆跡に気づいていまごろ開けている最中なのか？　まもなくここにやって来るのだろうか？

「ちょっと待っていて」と彼女はいった。「大事な相談があるから待っててちょうだい。アガートは速達のことは何もいってなかったわ。速達は飛んでいったりしないから、よく探してみないと。上に行ってみる。すぐに戻ってくるわ」

エリザベートは部屋から飛びだしたが、アガートの涙を思いだして、速達は単に玄関に置かれたままなのではないかと考えた。今日は誰も外に出なかったし、ジェラールは手紙なんか見ない。郵便配達が下に置いたのだとすれば、まだそこにあるはずだ。

あった。黄色い封筒が曲がって、皺くちゃになり、枯葉のように盆に載っている。灯りをつける。できない生徒の太い文字、ポールの筆跡だ。だが、封筒に書かれているのはポール自身の住所だ。ポールがポールに書いた手紙。エリザベートは封筒を破って開けた。

この家には便箋などというものはなく、なんにでもメモを書いた。エリザベートが広げたのは、匿名の手紙にお似合いの破りとった方眼紙だった。

「アガート、怒らないでくれ、君を愛している。ぼくはばかだった。君がぼくを傷つけようとしているのと思っていた。でも、君を愛していることが分かり、君に愛してもらえないなら、死んでしまうだろうと思う。お願いだから、返事をおくれ。苦しいんだ。ぼくは広間に閉じこもっている」

エリザベートはちょっと舌を出し、肩をすくめた。宛先がポールになっているのは、動転し、気が急いて、封筒に自分自身の名前を書いてしまったのだ。ポールらしい行動だ。この性格は一生直らないだろう。

速達が玄関で止まらず、輪回しの輪のようにぐるりと回ってポールの手に戻っていたら、彼はこの返送にがっかりして、手紙を破りすて、絶望してしまったにちがいない。エリザベートは、弟が不注意のせいで自暴自棄におちいるのを防いでやることにした。

彼女は衣裳部屋の化粧室に入り、速達をびりびりに破き、その切れ端を始末した。

そして、不幸な弟のそばにとって返し、アガートの部屋に行ってきたが、彼女は眠っていて、速達は整理だんすの上に置いてあったと伝えた。黄色い封筒から台所で

エリザベートが見つけたポールの手紙

使うような紙がはみ出していて、その封筒には見覚えがあった。ポールの机の上にある束になった封筒と同じだった。

「アガートは速達については何もいわなかった?」

「ええ。あたしがそれを見たことにも気づかないといいんだけど。いいこと、あの子には何も聞いちゃだめよ。なんの話か分からないって答えるに決まってるから」

ポールはあの手紙がどんな結末をもたらすか考えていなかった。欲望に引きずられて楽観的な予想に向かっていた。こんな深淵、こんな落とし穴があるとは思ってもみなかったのだ。ポールの真剣な顔には涙が流れていた。エリザベートは弟を慰めながら、アガートはジェラールに愛を告白したらしいと語り、その情景をこと細かに描写し、ジェラールもアガートを愛しており、二人には結婚の計画があると説明した。

「でもおかしいわね」とエリザベートは続けた。「ジェラールがあなたに何も話さなかったなんて。あたしには、おどおどしたり、ぼんやりしたりするけど、あなたには違うもの。ばかにされるとでも思ったんじゃないかしら」

ポールは何もいわず、この信じられない暴露の苦汁を呑みこんでいた。エリザベートは自分の考えをさらに展開した。ポールはどうかしている！　アガートは純真な少女、ジェラールは善良な青年。似合いのカップルだ。ジェラールの叔父さんはもう老人だから、ジェラールはいずれ金持ちになり、自分のしたいことが自由にできるようになり、アガートと結婚して、ブルジョワの家庭を作るだろう。彼らの幸運を妨げるものは何もない。その邪魔をしたり、揉めごとを引きおこしたり、アガートを悩ませたり、ジェラールを苦しめたりして、二人の将来に泥を塗るのは、本当に残酷なこと、犯罪的、そう、それは犯罪だ。ポールにそんなことができるわけはない。一時の気まぐれにつき動かされているのだ。よく考えてみるといい。気まぐれでは愛しあう二人に太刀打ちできないことぐらい分かるはずだ。

一時間も、彼女は語りに語り、正しい道を説いた。興奮して、弁護士のように滔々《とうとう》と弁じた。すすり泣いてさえいる。ポールはうなだれ、姉の言葉を受けいれ、その腕のなかに身を任せていた。これからはじっと黙っていて、いざ知らせを聞いたときには、若い恋人たちに微笑んでみせる、と約束した。アガートが速達のことについて口を噤んでいるのは、あの手紙はポールの気まぐれにすぎないと考えているからで、すべてを忘れて、水に流す決意の表れなのだ。あんな手紙のあとでは、気まずさが残って、ジェラールがそれに気づいて変に思うかもしれないけれど、婚約で万事がまるく収まるはず、二人はほかのことを考える余裕がなくなって、新婚旅行ともなれば一時の気まずさのことなんか憶えている人は誰もいなくなる。

エリザベートはポールの涙を拭ってやり、キスをして、ベッドに寝かせ、弟の城から出た。なすべき仕事がまだ残っている。殺人者はひと息入れたりせず、次から次へと斬りつけなければならない。そう彼女の本能が教えていた。エリザベートは夜の蜘《く》蛛《も》となって、歩みをとめず、糸を引き、夜の闇のいたるところに罠を張りめぐらし、重く、軽く、疲れを知らなかった。

ジェラールはまだエリザベートの部屋にいた。待ちくたびれていた。

「それでどうなったの？」とジェラールは叫んだ。

エリザベートは撥ねつけた。

エリザベートの夜（仕事に着手）

「すぐに大声を上げる癖がどうしても直らないのね。怒鳴らずにしゃべりなさいよ。それでね、ポールは病気なの。自分ひとりじゃそんなことも分からないおばかさんなのよ。目と舌を見ればすぐ分かるのに。熱もある。ただの風邪なのか、この前の病気がぶり返したのか、お医者が診てくれるわ。あたしはポールに、ベッドで安静にして、ジェラールには会っちゃだめよっていっておいた。あなたがあの子の部屋で寝ると……」

「いや、帰るよ」

「ちょっと待って。話があるのよ」

エリザベートの声は低くなった。ジェラールを座らせ、部屋を歩きまわり、アガートのことをどうするつもりなの、と尋ねた。

「どうするって、なぜ?」ジェラールは聞きかえした。

「なぜって、どういうこと?」それから、冷たい声で高飛車に、あたしをばかにしているのか、と聞いた。アガートがあなたを愛していて、求婚を待っているのに、あなたが何もいってこないので悩んでいることを知らないのか。

ジェラールは呆気にとられて目を見開いた。腕がだらりと垂れている。

「アガートが……」と口ごもる。「アガートが……」

「そうよ、アガートよ！」エリザベートは強くいい放った。

要するに、ジェラールは鈍感すぎたのだ。アガートと外出したときに分かっていてしかるべきだった。それから、エリザベートは徐々に、アガートの信頼を愛に変えていき、日付をあげたり、例を出したり、無数の証拠でジェラールを動揺させた。さらに、アガートはジェラールがエリザベートを愛していると思って苦しんでいるとつけ加えた。それはばかげた想像だし、いずれにしてもあたしの財産はジェラールとは釣りあわない。

ジェラールは消えてしまいたい気持ちになった。こんな下品な非難は、金の問題に無頓着なエリザベートにまったく似合わない。それで困惑し、傷つけられた。エリザベートはこの困惑に乗じ、ジェラールの息の根を止めようとして、たて続けに真っ向から斬りつけた。もうそんないじけた目であたしを見ないで、すぐにアガートと結婚しなさい、でも、あたしが仲をとりもったことは絶対にばらさないでよ、と命じた。

ジェラールが鈍感だから、仕方なくこんな仲介役をつとめただけで、アガートに、エリザベートのおかげで幸せになれた、なんて思われたらたまったものじゃない。「まったくねえ」とエリザベートは結論した。「ご苦労さまな話だわ。あなたはもうベッドに入りなさい。あたしはアガートのところに行って話をしてくるから。あなたはアガートを愛している。ばかげた夢にでも酔っていたんでしょ。目を覚ましなさい。喜ぶべきなのよ。あたしにキスして、ぼくは世界一幸せな男ですっていいなさい」

ジェラールは途方に暮れ、引きずられて、彼女が命じたとおりの言葉を口にした。エリザベートはジェラールを部屋に閉じこめ、蜘蛛の巣をさらに広げながら、アガートの部屋に上がった。

殺人者のすべての生贄のなかで、若い娘がいちばん抵抗することがある。アガートは何度も打撃を受けてよろめいたが、倒れなかった。エリザベートは彼女に、ポールは恋ができない男で、誰も愛せないのだから、アガートも愛していないし、自分で自分を破壊する怪物的なエゴイストで、お人好しの女をかならず破滅させるだろう、これに反して、ジェラールは優秀で、正直で、情熱的で、確実な将来を保証し

エリザベートの夜（アガート）

てくれるのだといい募り、狂ったように攻撃を続けた。だが、アガートは疲労に打ちのめされながらも、自分の夢にしがみつく腕の力をかえっていっそう強めたのだった。エリザベートはアガートを見つめた。体はシーツからはみ出てぐったりと垂れ、髪の毛が額に貼りつき、顔をのけぞらせ、片手を傷ついた心臓に当て、片手を床の上に石ころのように放りだしている。

エリザベートはアガートを抱きおこし、白粉《おしろい》をつけてやり、ポールはあなたがあたしにうち明けたことなどまったく気づいていないのだから、明るく、ジェラールと結婚することにしたの、といってやりさえすれば、ポールは一生気づかないままで終わるだろう、と請けあった。

「ありがとう……ありがとう……あなたはいい人ね……」不幸な娘はしゃくりあげた。

「お礼なんかいいのよ、眠りなさい」そういって、エリザベートは部屋を出た。

しばらく立ちどまった。重荷を下ろし、心が澄みきって、自分が人間ではなくなったような気がしていた。階段の下まで来ると、ふたたび胸がどきどきしはじめた。何か物音が聞こえる。足をもち上げようとしたとき、ポールが近づいてくるのが見えた。

エリザベートの夜

長い白いガウンが暗闇をぼうっと明るませている。すぐにエリザベートは、弟が夢遊病の発作を起こして歩いているのだと分かった。モンマルトル通りでは、なにか不快なことがあるとよく発作を起こしたものだ。エリザベートは手すりに寄りかかり、一度上げた足をそのままにして、じっと体を固くした。ポールが目を覚まして、アガートのことを聞かれると困る。だが、ポールには姉は見えていなかった。壁の照明が目に入らないのと同じく、宙に浮かぶ女も目に入らず、階段に目をやっている。エリザベートは自分の心臓の高鳴りを恐れた。木樵りが叩きつける斧の音のように響いて、弟の耳に入るにちがいないと思ったからだ。

ポールはすこし立ちどまったあと、ひき返した。エリザベートはしびれた足を下ろし、静寂に向かって遠のいていく弟の足音に耳を澄ませた。それから自分の部屋に戻った。

隣の部屋は静まりかえっている。ジェラールは眠っているのだろうか？　エリザベートは化粧台の前に立ちつくした。鏡のなかの自分が分からない。目を伏せて、恐るべき手を洗った。

夢遊病のポールを見るエリザベート

恐るべき手を洗うエリザベート

14

ジェラールの叔父の具合がひどく悪いというので、婚約と結婚が大急ぎで進められ、うわべだけの上機嫌のなかで、各人がそれぞれの役割を果たし、心の広さを競いあった。内輪だけの式で、ポールとジェラールとアガートは度をこした陽気さを見せ、エリザベートは鬱陶しく思ったが、それ以外の時間には死ぬほどの沈黙が垂れこめていた。エリザベートは、自分の断固たる手綱さばきがみんなを災厄から救い、自分のおかげで、アガートはもはやポールの無軌道の犠牲者ではなくなり、ポールもアガートの弱さの犠牲者ではなくなるのだと考えた。また、ジェラールとアガートは同じ水準の人間で、自分とポールを通してたがいに求めあい、一年後には子供もできて、こうした巡りあわせに感謝するはずだと心のなかで繰りかえした。さらに、病的な眠りから覚めるときのように、あの残忍な夜の行為を忘れてしまい、自分の行為をみんなを守るための知恵の実践だと考えようとしたが、それは無理な話だった。不幸な者たちを目にすれば心が乱れ、三人を一緒にしておくことにも不安を感じた。

ひとりひとり別々ならば、エリザベートには自信があった。彼らは邪気のない人間だから、事実をつき合わせておかしいと思ったり、そこになにか悪意が働いているなどと考えたりする恐れはないだろう。それに悪意といっても、いったいどんな悪意が？　なぜ？　どんな動機で働く必要があるのか？　自分で考えてもまったく答えが出ないので、エリザベートはひと安心した。彼女はこの不幸な者たちを愛していた。彼らを犠牲者にしたのは、彼女の関心と情熱ゆえだった。彼らの意思に反してはいたが、エリザベートは彼らの上を飛びまわって、彼らを助け、将来かならず証拠が発見されるはずの厄介ごとから彼らを救ってやっていたのだ。このつらい仕事は彼女の心の大きな負担となった。だが、必要なことだった。そうしなければならなかった。

「こうしなくちゃいけなかったのよ」と、危険な外科手術について語るように、エリザベートはくどくどと繰りかえした。

彼女のナイフはメスに変わっていた。まさにあの夜、自分ひとりで決断し、麻酔をかけ、手術しなければならなかったのだ。結果については自画自讃していた。だが、アガートの笑いが彼女を夢の高みから突きおとし、エリザベートは食卓に倒れこんだ。アガートの作り笑いを聞かされ、ポールの血色の悪い顔や、ジェラールの愛想のよい渋面を目にして、疑念にひき戻され、恐怖のたねや、容赦ない場面や、あの夜の亡霊たちを払いのけねばならなかった。

二人が新婚旅行に出て、弟と姉はさし向かいで残された。ポールは衰弱している。エリザベートは城壁のなかに一緒に入り、弟を見守り、昼も夜も看病した。医者はなぜ病気が再発したのか分からず、このような徴候を見たことがなかった。衝立の部屋にも呆れて、もっと居心地のいい部屋に移そうとしたが、ポールがいうことを聞かなかった。くしゃくしゃのシーツにくるまって暮らしていた。エリザベートは赤い木綿の布切れを透過する光に照らされ、椅子に腰かけて、頬づえを突き、目がすわり、暗鬱な心配にやつれていた。赤い布は病気の弟の顔を赤く染め、消防車の光の反映がジェラールをあざむいたようにエリザベートをあざむいて、もはや嘘だけを糧に生きるこの女を安心させたのだった。

叔父の死去でジェラールとアガートが新婚旅行から呼びもどされた。エリザベートは邸のひとつの階を全部使ってほしいと懇願したが、二人はラフィット通りに新居を構えた。それでエリザベートは、この夫婦がたがいに理解しあい、凡庸な幸福（彼らに唯一ふさわしい幸福）を手に入れようとして、エトワール広場の邸の規律を欠いた雰囲気を恐れはじめているのだと察知した。ポールは二人が姉の懇願に負けることを恐れていたので、二人の決心を聞いてほっとひと息ついた。

「あたしたちみたいな人間は彼らの生活を台なしにする危険があると思っているのよ。ジェラールがそういって寄こしたわけじゃないけど、アガートがあたしたちの影響を受けることを恐れているのね。嘘じゃないわ、本当よ。ジェラールは叔父さんみたいになってしまった。あの人の話を聞いていて、呆れちゃったわ。自分の滑稽さを承知の上で演技してるんじゃないかと思ったくらいよ」

夫婦はときどきエトワール広場の邸で昼食や夕食をとった。ポールも起きて、食堂に上がってくる。不幸の匂いをすぐに嗅ぎつけるブルターニュ生まれの老婆マリエットの悲しいまなざしのもとで、ふたたび気づまりな時間が流れるのだった。

15

ある朝、食卓に着こうとしたときのことだ。

「ぼくが誰に会ったと思う?」

ジェラールが明るくポールに問いかけると、ポールは怪訝そうに口をとがらせた。

「ダルジュロスだよ!」

「まさか?」

「いや、本当に、ダルジュロスなんだ!」

ジェラールは道を渡ろうとしていた。ダルジュロスは小さな車を運転していて、ジェラールを轢《ひ》きそうになった。車が停まった。ダルジュロスはすでに、ジェラールが遺産を相続したこと、叔父の工場をいくつも経営していることを知っていた。そして、工場に行ってみたいなといった。驚いた様子はまったくなかった。

ダルジュロスは変わっていたか、とポールが尋ねる。

「変わらないけど、ちょっと顔色が蒼白くなったかな……」

アガートの兄さんかと思えるほどだ。それに前より人を見下さなくなった。すごく人当たりが良くなった。インドシナとフランスを行き来していて、自動車メーカーの代理人だそうだ。ダルジュロスはジェラールをホテルの部屋に招きいれて、「雪の球」とはよく会うのかと尋ねた……雪の球のやつって、つまり……ポールのことだ。

「それで？」

「会うよ、って答えた。それからこうも聞かれた。『あいつは相変わらず毒薬が好きなのか？』ってね」

「毒薬ですって？」

アガートは仰天してびくりと震えた。

「当然だよ」とポールは突っかかるように大声を出した。「毒薬はほんとに素晴らしい。学校にいたときは、毒薬が欲しいなあと思っていた（いや、正確には、ダルジュロスが毒薬に憧れていたので、ぼくもその真似をしたということだ）」

アガートはなんに使うつもりなのかと尋ねた。

「なんのためでもないよ」とポールは答えた。「ただ持ってるんだ。毒薬のための毒薬。それが素晴らしいんじゃないか！　毒蛇とか、毒草を持っていたいように、毒薬を持っていたい。ぼくが拳銃を持っているのと同じことさ。そこだよ！　そこのところを分かってくれよ。毒薬だぜ。なんてったって素晴らしいよ！」

エリザベートは同意した。彼女が同意したのは、アガートに逆らい、子供部屋の精霊に従うためだった。エリザベートはとても毒薬が好きだった。モンマルトル通りにいたころは、偽の毒薬を作り、小瓶に入れて密封し、不気味なラベルを貼り、怪しげな名前をつけたりした。

「なんて恐ろしいこと！　ジェラール、この人たち、頭がおかしいわ。しまいには重罪裁判所送りになるわよ」

アガートのこのブルジョワ的な反抗はエリザベートをうっとりさせた。若夫婦はエリザベートが想像していたとおりの態度をあらわにし、そんな態度を想像するのは彼らに対して失礼かもしれないという考えをうち消してくれたからだ。エリザベートはポールに目くばせした。

「ダルジュロスはね」とジェラールは続けた。「中国や、インドや、アンティル諸島や、メキシコの毒薬、毒矢に塗る毒、拷問用の毒、復讐用の毒、生贄用の毒を出して見せてくれた。そして笑いながら、『雪の球に、ぼくは学校のときと変わっていない、と伝えてくれ。集めたかった毒薬を、いまでは本当に集めている。ほら、このおもちゃを彼に渡してくれ』といったんだ」

ジェラールはポケットから新聞紙にくるまれた小さな包みをとり出した。ポールと姉は待ちきれずにじりじりしていた。アガートは部屋の反対側に下がっている。

三人は新聞紙を開いた。なかには、中国の柔らかい紙で包まれたものが入っていて、紙が綿のように破れるとそこから拳ほどの大きさの黒っぽい球が出てきた。球の切り口からは、赤みがかって輝く傷口が見えている。ほかの部分はトリュフのような土色で、掘りだしたばかりの土くれの香りか、玉葱やゼラニウムのエッセンスのような強烈な匂いを放っている。

毒薬を持って再登場するダルジュロス

みんなが言葉を失っていた。この球が黙らせたのだ。何匹もの蛇が絡まりあって、一匹の爬虫類に見えながら、いくつもの頭をもつ生物のように、この球は彼らを魅了し、嫌悪させた。そこからは死の威光が発していた。

「これは麻薬だ」とポールはいった。「ダルジュロスは麻薬をやってるんだ。毒薬なんかよこすわけがない」

ポールは手を伸ばす。

「触るな！（とジェラールが止めた）毒薬か麻薬か知らないけど、ダルジュロスはこの球を君に渡してくれといったが、けっして触らないように、ともいっていた。それに、君は無鉄砲すぎる。こんなろくでもないものを君には絶対に渡せないよ」

ポールは怒って、エリザベートの説の受け売りをした。ジェラールはやることなすこと滑稽で、まるで叔父さん気どりで、云々。

「無鉄砲ですって？」エリザベートがせせら笑った。「じゃあ見ててごらんなさい！」

エリザベートは球を新聞紙で摑んで、弟を追いかけはじめた。食卓を回りながら、叫んだ。

「ほら、食べて食べて」

アガートは逃げた。ポールは飛びのいて、顔を手で覆った。

「ごらん、これが無鉄砲だっていうの？　とんだ英雄気どりよ！」エリザベートは息を切らせながら嘲笑した。

ポールはいい返す。

「ばか女、お前が食べりゃいいだろ」

「ごちそうさま。でも食べたら死んじゃうわ。そしたらあなたが幸せになりすぎるもの。あたしたちの毒薬は宝物の箱に入れておくわ」

「匂いが移ってしまうよ」とジェラールはいった。「鉄の缶にしまったほうがいい」

エリザベートは球を包み、ビスケットの古い缶に押しこんで、食堂を出た。宝物の入った整理だんすに向かう。その上には、拳銃や、髭をはやした胸像や、様々な本が散らばっている。エリザベートは引出しを開けて、ダルジュロスの写真の上にビスケットの缶を置いた。丁寧に、ゆっくりと、少し舌を出しながら箱を置くその仕草は、まるで、蠟人形に針を打ちこみ、呪いをかける女のようだった。

ポールは学校のころの自分を思いうかべていた。ダルジュロスの真似をして、野蛮人や毒矢の話ばかりして、彼をびっくりさせるために、郵便切手の糊に毒を塗るという方法で大虐殺を計画したり、殺人鬼を崇めたりしながら、その実、毒が人を殺すことなど一瞬たりとも考えなかった。ダルジュロスは肩をすくめ、横を向き、ポールを口先だけの女の子のように扱った。

ダルジュロスは、自分の言葉に聞きほれるこの奴隷を忘れていなかった。そしていま、ポールへの嘲弄の最後の仕上げをしようとしていた。

球の存在は姉弟を大いに活気づけた。部屋は謎の力で豊かになった。球は革命部隊の生きた爆弾であり、自分の胸を雷撃と愛の星に変えたあのロシアの娘たちのひとりとなった。

それに加えて、ジェラールは（エリザベートの話によれば）ポールの無軌道からアガートを救うと主張しているとのことだが、ポールにしてみれば、自分の無軌道を堂々と披露して、アガートの顰蹙《ひんしゅく》を買ったことに満足していた。

エリザベートのほうも、ポールがむかしのように無軌道や危険を喜んで受けいれ、宝物の意味を忘れていないことを知って満足していた。

ポールにとってこの球は、どんよりと淀んだ空気をうち払うきっかけになるように思われ、アガートの支配力が徐々に消えていくという希望も抱かせた。

だが、お守りひとつではポールの傷を癒すのに十分ではなかった。彼は力をなくし、痩せて、食欲も減退し、無気力に重く沈みこんでいった。

16

日曜日になると、この邸では、家じゅうの者に休みをとらせる英国式の習慣を守っていた。マリエットは魔法瓶とサンドイッチの支度をしてから、女中仲間と外出する。運転手はマリエットたちの掃除の手伝いをしたのち、車を一台勝手に持ち出して、流しで客を拾いに出るのだった。

その日曜日は雪が降っていた。エリザベートは、医者に命じられて、カーテンを引いて自分の部屋で休んでいた。時刻は午後五時で、ポールは正午からうつらうつらしていた。彼は姉に、どうかひとりにしておいてほしい、姉さんは自分の部屋に上がって、医者のいうとおりにしてくれ、と頼んだのだった。エリザベートは眠りながら、こんな夢を見た。ポールはもう死んでいた。彼女は森を横切っている。森は例の広間に似ていた。というのも、木々のあいだから、影で縁どられた高い窓ガラスから来るような光が落ちていたからだ。森の空き地に備えつけられたビリヤード台や椅子やテーブルを見て、エリザベートはこう考えていた。「あの丸い山まで行かなくちゃ」。夢のなかで、「丸い山」はビリヤード台の名前だった。彼女は歩いたり、跳ねたりしたが、どうしてもたどり着けない。疲れて横になり、眠ってしまった。突然、ポールが彼女を起こした。

「ポール」と彼女は叫んだ。「ポールなのね！　それじゃ死んでなかったの？」

するとポールは答えた。

「いや、死んでいる。でも姉さんも死んだばかりなんだよ。だからこうしてぼくに会える。二人でずっと一緒に暮らそう」

エリザベートの夢

二人は出発した。長いこと歩いて、丸い山にたどり着いた。

「聞いて」とポールはいった（ビリヤード台の自動得点計算機に指を置いている）。「別れの呼び鈴の音を聞いて」

計算機はめまぐるしい速度で得点を表示し、火がぱちぱちとはぜるような電信の音で森の空き地を満たしていく……。

エリザベートは汗びっしょりになり、恐ろしい形相でベッドに起きあがっていた。呼び鈴が鳴っている。邸に召使がいないことを思いだした。まだ悪夢の続きを見ている気分で、階段を下った。白い吹雪とともにアガートが玄関に飛びこんできた。髪を振りみだし、大声でいった。

「で、ポールは？」

エリザベートは我に返り、夢から引きはがされた。

「なんなの、ポールって？」とエリザベートは答える。「あなた、どうしたの？ポールはひとりにしてくれっていうの。いつもどおり眠ってると思うけど」

「早く、早くして」突然の来訪者は息を切らせている。「走って行きましょう。毒を飲むって手紙が来たの。君が来ても手遅れだ、姉さんも部屋から追いはらっておくからって」

マリエットが午後四時にジェラールの家にその手紙を持って来たのだった。

アガートはエリザベートを押しのけた。エリザベートは硬直したまま、自分はまだ眠っていて、これは夢の続きではないかと思った。ようやく二人の娘は走りだした。

エリザベートの眠りのなかで、広間には白い木々が立ち並び、吹雪がふきすさんでいる。向こうに見えるビリヤード台は相変わらず「丸い山」で、この地震の残骸を悪夢から引きだす力を現実は持っていなかった。

「ポール！　ポール！　返事をして！　ポール！」

ぼうっと輝く城壁は静まりかえっていた。そこから悪臭が漂ってくる。なかに入ると同時に、惨事が目に飛びこんだ。不吉な香り、嗅いだ憶えのあるトリュフと玉葱とゼラニウムの黒く赤みがかった香りが部屋をみたし、広間にまで漏れている。ポールは床に横たわり、姉とお揃いのタオル地のガウンを着ている。瞳孔は開き、顔は様変わりしていた。上から来る雪のような明りが突風に揺れ、鉛色の顔にかかる影の位置

瀕死のポールを発見する二人の娘

を変えた。鼻と頬骨の上だけに光が差している。

椅子の上に、球の残りと、水差しと、ダルジュロスの写真が、乱れて並んでいた。真の惨劇の演出は、想像しうるものとはどこも似ていない。その単純さ、偉大さ、奇妙な細部が、私たちを困惑させるのだ。娘たちは初めは茫然としていた。それから、ありえないことを受けとめ、受けいれ、見知らぬポールをポールだと認めなければならなかった。

アガートは駆けより、ひざまずき、ポールが息をしていることを知った。一縷の望みが見えた。

「リズ、ぐずぐずしないで」と懇願する。「早く服に着替えて。この恐ろしいものは麻薬で、毒じゃないかもしれない。魔法瓶を持ってきて、急いでお医者を呼びに行ってよ」

「医者は狩りに行ってるわ……」とあわれな娘はつぶやく。「今日は日曜、誰もいないわ……誰も」

「魔法瓶を持ってきて、早く！　早く！　息をしてるけど、氷みたいに冷たいの。湯たんぽで温めて、熱いコーヒーを飲ませなくちゃ！」

エリザベートはアガートの冷静さに驚いていた。どうしてポールに触ったり、話をしたり、動きまわったりできるのだろう？ どうして湯たんぽが必要だなんて思うのだろう？ どうやったら、この雪と死の宿命に理性の力で逆らえるのか？

エリザベートは突然勇気を奮いおこした。魔法瓶は自分の部屋にある。

「毛布を巻いてやってね！」エリザベートは城壁の外から叫んでよこした。

ポールは息をしていた。四時間ものあいだ、この毒薬は麻薬なのか、この麻薬を大量に飲むことで死ねるのかと煩悶したあげく、胸が締めつけられるような不安の段階は通りこしていた。手足はもはや存在していない。宙に浮かび、ほとんどかつての安楽さをとり戻していた。だが、体の内側が乾き、唾液が涸《か》れて、喉と舌がからからになり、まだ感覚の残っている皮膚のいろいろな部分に耐えがたいしびれがあった。水を飲もうと試みた。だが体の動きが狂い、椅子ではない場所に水差しを探り、そのうち脚と腕が麻痺してきて、もう動かなくなった。

目を閉じるたびに、同じ光景が浮かんでくる。灰色の女の髪をした巨大な牡羊の頭が出現し、目を抉《えぐ》られて死んだ兵士たちが、足を革ベルトで木の枝に結わえつけられ、体をこわばらせ、捧げ銃の姿勢のまま、木の枝のまわりをゆっくりと回転し、しだいにその回転を速めていく。自分の心臓の鼓動がベッドのスプリングに伝わり、音楽になって聞こえてくる。腕は木の枝だった。樹皮は太い血管で覆われ、この枝のまわりで兵士たちが回転し、また同じ光景が始まるのだ。

仮死の虚脱状態のせいで、ジェラールにモンマルトル通りまで送ってもらったときの、あの雪や、自動車や、遊戯のことが思いだされた。アガートはすすり泣いている。

「ポール！　ポール！　あたしを見て、口をきいてよ……」

刺すような味が口に広がっている。

「飲みもの……」と言葉が出た。

「ちょっとだけ待っててね……エリザベートが魔法瓶を持ってくるから。湯たんぽも温めてるわ」

ポールは繰りかえす。

「飲みもの……」

水が欲しかった。アガートはポールの唇を湿してやった。しゃべってちょうだい、と彼女は頼んだ。なぜこんなばかなことをしたの。バッグから手紙を取りだし、ポールに見せた。

「君が悪いんだ、アガート……」

「あたしが？」

それからポールはひと言ひと言区切りながら、ささやくように説明し、真実をすべてうち明けた。アガートはポールをさえぎり、叫び、弁解した。罠が開かれ、そのなかのねじくれた仕掛けが明らかになった。瀕死の少年と娘は罠に手を触れ、それをひっくり返し、仕掛け爆弾の歯車をひとつひとつ外していった。二人の対話から現れたのは、犯罪者のエリザベート、夜中に忍んでくるエリザベート、狡猾で執拗なエリザベートだった。

二人はエリザベートの仕業を理解し、アガートは叫んだ。

「生きるのよ！」

ポールは呻く。

真実を知ったポール

「もう遅い！」

　そのとき、彼らを長いこと二人きりにしておく不安に苛まれながら、エリザベートが湯たんぽと魔法瓶を持って戻ってきた。凍りつくような沈黙に不吉な香りが広がる。エリザベートは背を向け、虚偽が露見したとは思いもよらず、箱や小瓶を動かしたり、コップを探したり、コップにコーヒーを注いだりした。彼女は欺かれた者たちに近づいた。二人の目がエリザベートを捕える。凶暴な意志がポールの上体を起きあがらせた。すかさずアガートが支える。二人の顔がくっつき合い、憎しみで燃えあがる。

「ポール、飲んじゃだめ！」

　アガートの叫び声に、エリザベートの動きが止まった。

「ばかなことをいわないで」とエリザベートは小声でいった。「あたしが弟に毒でも飲ませるみたいじゃない」

「あなたならやりかねない」

　死の現実に死ぬほどの苦痛が加わった。エリザベートはよろめいた。なにか答えようとする。

「人でなし！　汚らわしい人でなし！」

ポールに口をきく力が残っているとはエリザベートは予期しなかった。アガートとふたりきりにしたことへの不安が的中した。それだけに、ポールの発したこの恐るべき言葉はエリザベートに重く圧《の》しかかった。

「汚らわしい人でなし！　人でなし！」

ポールは叫びつづけ、喘ぎながら、瞼の裂け目から絶えることのない青い炎を放ち、その青いまなざしでエリザベートを刺しつらぬいた。引きつりと震えで美しい口が歪み、涙の泉を涸らす乾きのせいで、目には、熱っぽい輝きと冷たい燐光が浮かんでいる。

雪が窓ガラスを叩きつける。エリザベートはあとずさった。

「そう、そうなの」と彼女はいった。「そのとおりよ。嫉妬していたの。あなたを失いたくなかった。アガートが憎い。アガートがこの家からあなたをさらっていくなんて、許すことができなかった」

告白がエリザベートから策略の衣裳を剥ぎとり、黒衣で包み、強大に見せた。巻毛が突風でうしろに撥ねあげられ、狭く残忍そうな額があらわになった。だが濡れた目の上の額は、広く、壮大にすら見えた。エリザベートは子供部屋だけを味方に、ひとりでみんなにたち向かった。アガートに、ジェラールに、ポールに、世界全体に挑戦していた。

整理だんすの上の拳銃を掴む。アガートがわめく。

「撃つわ！　あたしを殺す気よ！」うわごとをいうポールにしがみついた。

エリザベートはこの華奢な娘を撃つことなど考えてもみなかった。追いつめられた女スパイが自分の命を高く売ろうとして最後の態度を決めるように、本能に駆られた動きで拳銃を掴んだだけだった。

だが、神経の発作を起こした女と、断末魔の苦しみに喘ぐ男を前にして、挑戦は意味を失っていた。強大さなどなんの役にも立たない。

すると、震えあがったアガートの目に、いきなりこんな情景が飛びこんできた。錯乱した女が、ぎくしゃくと体をくねらせ、鏡に近づいて、しかめ面をしたり、髪の毛を引っぱったり、寄り目をしたり、舌を突きだしたりしたのだ。というのも、エリザ

壁ぎわのエリザベート

数字を暗誦するエリザベート

ベートの内心の緊張に比して、このポールとアガートの無力は耐えがたく、彼女はグロテスクな手ぶり身ぶりで自分の錯乱を表し、行きすぎた滑稽さで生命をありえないものに変え、人生の限界を押しひろげ、このドラマから放りだされて、支えを失う瞬間に到達しようとしたのだ。

「気が狂ったのよ！　なんとかして！」アガートはわめきつづけている。

気が狂ったという言葉でエリザベートは鏡から振りかえり、発作は遠のいた。落ち着きをとり戻す。震える手のなかで、拳銃と空虚を握りしめ、うなだれて、立ちつくす。

エリザベートは、この部屋が目もくらむほどの坂道を滑り落ちながら、終わりに向かっていることを知っていた。だが、終わりそのものが長くかかるので、その時間を生きぬかなければならない。緊張はゆるまなかった。エリザベートは数え、計算し、掛け算し、割り算し、日付や建物の番地を思いだし、数字を総計し、間違え、やり直した。急に、自分の夢の「丸い山」が『ポールとヴィルジニー』に出てくることを思いだした。あの小説では「丸い山」は丘のことを意味していた。あの本の舞台はイル・ド・フランスだったかしら、と考えた。するとイルの付く地名が数字を追いはらった。イル・ド・フランス、イル・モーリス、イル・サン＝ルイ。地名を暗誦し、ごちゃごちゃに混ぜると、空虚が広がり、うわごとになった。[9]

姉の落ち着きがポールを驚かせた。彼は目を開いた。エリザベートがポールを見ると、しだいに遠ざかり暗く落ちてゆくまなざしと出会った。その目のなかに、憎しみに代わって謎めいた好奇心が表れている。その表情を見て、エリザベートは勝利を予感した。姉弟の本能が彼女を支えている。エリザベートは弟の新たなまなざしから目を離さず、惰性的な行為を続けた。計算し、なおも計算し、暗誦し、空虚を広げるにつれて、ポールが催眠術にかかり、遊戯をふたたび見出し、軽やかな子供部屋に戻っていくのが分かった。

発熱のせいで、エリザベートの頭は冴えわたっていた。秘法を発見し、影を自在に操った。これまで彼女は、知らないうちに蜜蜂のように働き、サルペトリエール病院

9　島や川の中洲を意味する。

悲劇の天に昇るポールと姉（Ｉ）

の患者と同じく、自分の動きの仕掛けを意識しないままに様々なできごとを引きおこしていた。だが、いまや、体の麻痺した患者が特別な療法を受けて立ちあがったかのごとく、そうしたできごとを自分で考えだし、自分で実現していた。

ポールが自分に従い、一緒に来ていることが、何よりの証拠だった。その確信がエリザベートの途方もない頭脳の働きの底にあった。彼女は続けて、続けて、続けて、力を行使してポールを呪縛した。もはやそれは疑いのない事実で、アガートが自分の首にしがみついているのも感じなかったし、彼女の泣き声も耳に入らなかった。この姉と弟にそんな声が聞こえるはずはなかった。アガートの叫喚よりも、姉弟の紡ぎだす死の讃歌の音階のほうが上だった。二人は上へ上へと、並んで昇っていった。エリザベートは獲物をさらってゆく。古代ギリシアの役者が履く厚底の靴を履いて、アトレイデス[10]の地獄をあとにする。この姉弟にとって、もはや神の法廷の知性だけでは裁きに十分ではなく、その霊感を当てにするほかないだろう。あと数秒、勇気をもって

10　ギリシア悲劇に登場する呪われた一族。

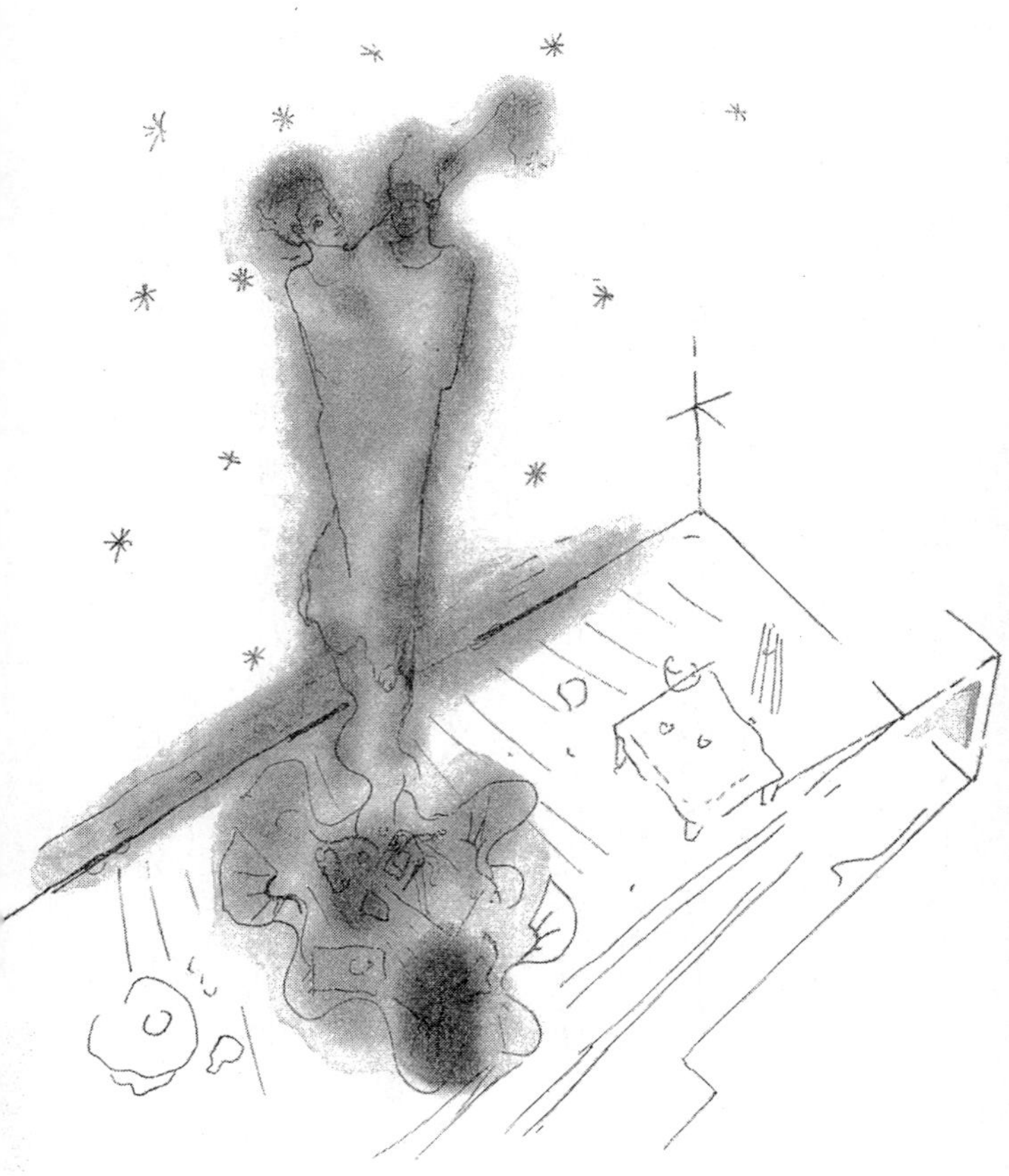

悲劇の天に昇るポールと姉（Ⅱ）

耐えれば、肉体が溶け、魂が結びついて、近親相姦など入りこめない場所に達するはずだ。

アガートは別の場所、別の時代でわめいていた。エリザベートとポールはそれを、窓ガラスを鳴らすおごそかな震えほども気にかけなかった。電気スタンドの強烈な光が黄昏を退けていたが、赤い布切れのせいで深紅に染まったエリザベートのいる一角だけは闇だった。彼女はそこで守られながら、空虚を広げ、影のなかから光り輝くポールを見つめ、彼を影のほうへ引きこんだ。

瀕死の少年は衰弱していった。エリザベートのほうへ、雪のほうへ、遊戯のほうへ、子供時代の部屋のほうへ、身を乗りだしていく。蜘蛛の糸のようにかすかな糸がポールを生につなぎとめ、ぼんやりした考えを石のように硬直した体に結びつけていた。自分の名前を叫ぶ背の高い人影が目に入ったが、姉かどうかよく分からない。いっぽう、エリザベートは拳銃の引金に指をかけたまま、恋する女が自分の快楽を引きとどめて男の快楽を待つように、弟の死の痙攣を待ち、早く自分のところにおいでと叫び、弟の名を呼び、死のなかで自由になる輝かしい瞬間を待ち望んでいた。

悲劇の天に昇るポールと姉（Ⅲ）

死にゆくポール

エリザベートの死

ポールは精根尽きはて、頭ががくりと落ちた。エリザベートはこれで終わりだと思い、銃口をこめかみに押しあて、引金を引いた。衝立の一枚に倒れこむ。衝立はすさまじい音を立て、エリザベートの体の下で砕けちった。窓ガラスの雪の蒼白い光が流れこみ、城壁のなかの爆撃された街のひそかな傷をさらけだす。秘密の部屋は観客に開かれた舞台となった。

その観客たちを、ポールは確かに窓ガラスの向こうに見た。

アガートは恐怖で死んだように凍りつき、ただ黙って、エリザベートの骸から血が流れるのを眺めている。しかし、ポールは窓の外に目を向け、結露と溶けた氷の細い流れのあいだから、雪合戦で赤くなった鼻や頬や手がひしめく光景を見ていた。見覚えのある顔や、ケープや、ウールのマフラーがそこにあった。ポールはダルジュロスを探していた。ダルジュロスだけが見えない。ただ、ダルジュロスの手ぶり、あの大きな手ぶりは目に入ってきた。

「ポール！　ポール！　助けて！」

アガートが身を震わせながら、かがみこんだ。

臨終のポールは雪合戦仲間の顔を見る

だが、何をしたいのか？　何をいいたいのか？　ポールの目の光が消えていく。糸は切れ、部屋は飛びさり、あとには胸の悪くなるような匂いと、災厄を逃れた小さな女しか残らなかった。だが、その女もしだいに小さくなり、遠ざかり、そして消えた。

サン＝クルーにて、一九二九年三月

解説

中条省平

一九二八年一二月、三九歳のジャン・コクトーは、パリ郊外サン＝クルーの療養所に四か月ほど入院し、阿片中毒の解毒療法を受ける。コクトーが代表作『恐るべき子供たち』を書いたのは、この入院中のことである。

そもそも、なぜコクトーは阿片中毒におちいったのか？　そこには一つの運命的な出会いがあり、その出会いが、『恐るべき子供たち』という稀有の傑作を生みだす遠因ともいえる。時は九年前にさかのぼる。

一九一九年、コクトーは、友達である詩人のマックス・ジャコブに、一六歳になったばかりの少年を紹介された。少年の名はレーモン・ラディゲ。コクトーはこの一四歳年下の少年にたちまち魅せられ、二人は深い友情で結ばれる。

当時、文壇の寵児だったコクトーと無名の少年は、一緒にパリの酒場をはしごし、共同で雑誌を創刊し、しばしば長い旅に出た。この交友のさなかに、コクトーは小説

『大胯びらき』や『山師トマ』、詩集『平調曲』といった初期の代表作を執筆し、いっぽう、ラディゲは一八歳で小説『肉体の悪魔』を書きあげ、天才児として名を馳せる。二人の相互刺激が豊かな文学の実りを生みだした。

だが、この喜びは暗転する。一九二三年、コクトーとの長い夏のバカンスからパリに帰ったラディゲは体調を崩し、腸チフスと診断される。ただちに入院するが、手遅れだった。享年二〇。

コクトーは、長く、深い悲しみに沈み、阿片に助けを求める。重度の中毒者になるのに時間はかからなかった。この解説のはじめに記したサン＝クルーでの阿片の解毒療養も、二度目の入院治療だった。

サン＝クルーでの療養中、コクトーは阿片中毒に関する芸術的・哲学的な省察を書きため、のちに『阿片』という書物として発表している。このめっぽう面白い本の最後に、『恐るべき子供たち』がどのようにして書かれたか、短いノートが付されている。その記述を信じるならば、『恐るべき子供たち』は、サン＝クルー退院のほぼひと月前の一九二九年三月、わずか一七日間で書きあげられたという。

コクトーの脳裏には、まず、この小説の結末が浮かんだ。あの恐るべき悲劇の一瞬だ。

「『恐るべき子供たち』を愛していると信じている人々が、よく僕に告げる、『終りの数頁以外は』と。ところが、終りの数頁こそ、或る夜、最初に、僕の頭の中に記されたものだ。その時僕は呼吸さえも出来なかった。僕は身じろぎも出来なかった。僕はノートさえもとれなかった。僕は、それ等の頁を失うことと、それ等の頁にふさわしい本を書き上げることとの二つの恐怖にとらわれていた」(『阿片』、堀口大學訳)

阿片中毒と解毒治療の生んだ一瞬の幻影のなかに、『恐るべき子供たち』は胚胎されたのである。

ラディゲとの出会いと別れが『恐るべき子供たち』の誕生の遠因であるとするなら、もうひとつの運命的な出会いが、この小説を生みだす直接的な契機となった。『恐るべき子供たち』は、エリザベートとポールという激しい愛憎で結ばれた姉弟の物語である。

この二人の複雑な愛情関係に、ポールの級友の悪魔的な誘惑者ダルジュロス、ポールの親友でエリザベートを愛する実直なジェラール、エリザベートのモデル仲間で、姉弟と同居するようになる女友達アガート、突然現れてエリザベートに求婚するアメリカ人の青年富豪マイケルという四人が絡んでくる。主な登場人物はこの六人だけだ。もちろん、物語はまったくの想像の産物だが、主役であるエリザベートとポールの姉弟には、ジャンヌおよびジャン・ブルゴワンというモデルがいた。

阿片中毒が亢進していた一九二五年、コクトーは友人の画家（のちに映画『美女と野獣』の驚異的な美術を担当する）クリスチャン・ベラールから、学校にも行かず二人きりでアパルトマンにこもって暮らす姉弟の話を聞き、大いに関心をそそられる。ベラールの紹介で、二人に会ったコクトーは、ジャンヌおよびジャン・ブルゴワン姉弟と親交を深める。

おりから、精神上の危機をカトリック信仰で乗りこえようとしたコクトーはカトリックに帰依し、ジャン・ブルゴワンもコクトーに倣ってカトリック信仰を固める。しかし、コクトーのほうはまもなく信仰を放棄するのに対して、ジャン・ブルゴワンはトラピスト会の修道士となって、アフリカでの布教活動に身を捧げ、かの地で果てることになる。

『恐るべき子供たち』のエリザベートとポールには、この特異な個性をもったブルゴワン姉弟の姿が投影されているのである。

コクトーはまた、自分自身の記憶も『恐るべき子供たち』に滑りこませている。たとえば、作中でエリザベートとポールの父親の死が回想されるところがあるが、父親がピストルで自殺すると家族を脅すところには（この父親のピストルがおそらく『恐るべき子供たち』のラストの悲劇をひき起こすことも含めて）、コクトー自身の父のピストル自殺の記憶が揺曳《ようえい》していると考えられる。

また、ところどころに、コクトーの幼年期のスイス旅行や観劇の思い出、あるいは、阿片中毒の体験的省察（エッセー『阿片』の記述と共通する）を読むこともできる。

だが、コクトーの実体験から引きだされた最も重要な細部は、ポールが通うコンドルセ中学の場面である。『恐るべき子供たち』の冒頭は、この中学の悪童たちが遊び場にしていた実在のモンティエ広場を舞台として、そこで繰り広げられる雪合戦の情景描写に力を注いでいる。

この雪合戦の最中、ポールは愛する級友ダルジュロスのもとに行こうとして、逆にダルジュロスの投げた雪の球を胸に受け、失神してしまう。

このダルジュロスという悪魔的なヒーローが、一読、忘れがたい印象を残す。三島由紀夫もこの人物を偏愛していた。ダルジュロスは冒頭にちょっとだけ登場してまもなく消えてしまい、最後のほうで、ジェラールの報告のなかで間接的に再登場するのだが、この人物にも、実在のモデルがあった。

それはコクトーがコンドルセ中学で学窓を共にしたピエール・ダルジュロスという名の生徒であり、写真も残されている。しかし、一説によると、コクトーがこの生徒から借りたのはダルジュロスという印象的な響きの名前だけであり、誘惑的な不良のリーダーにはべつの同級生のモデルがいたともいわれる。

いずれにせよ、『恐るべき子供たち』の冒頭に、コクトーの少年時代の記憶が反映していることは間違いない事実だろう。

だが、その事実から出発して、コクトーは記憶のなかの十代の悪童を、神話的なダルジュロスという登場人物に変身させてしまう。この少年は運命の化身である。

ダルジュロスは小説の冒頭で、ポールの胸に白い雪の球を投げつけ、ポールを仮死におとしいれる。ポールの死すべき運命は、初めからこの白い球によって彼の胸に刻印されていたのだ。そして、ダルジュロスはふたたび結末近くになって登場し、今度は黒い毒の球をポールに送りとどける。死の運命のだめ押しである。こうして、ポールは運命の化身から、白と黒のシンボルによって、二度にわたって死を宣告されるのだ。

その点から見れば、『恐るべき子供たち』は、あらかじめ神のような絶対者によって運命を決定された人物たちが演じる純粋無垢の運命悲劇といえよう。過酷な運命を前にしては、人間の意志などなんの力も持ちえない。小説の最後に、エリザベートとポールを、昇天していくギリシア悲劇の役者たちになぞらえる一節が見られるように、『恐るべき子供たち』は、現代には稀な、ギリシア悲劇にも比すべき厳格な運命悲劇の一面を備えている。

じっさい、本書の第一三章には、運命をレース編みの女にたとえる一節が出てくるが、運命などという主題を真剣に物語の中心に置くところからして、『恐るべき子供たち』は、人間中心主義に支配された近代にあって、まったくもって「反時代的」な小説だというほかない。

時代の寵児としての活躍とは裏腹の、コクトーのこの深いペシミズムの裏には、彼が抱いていた運命観、死の宿命との親和的な共感があったにちがいない。終生、阿片を捨てなかったコクトーは、阿片体験のなかに、生きながら死ぬという理想の生の、束の間のまぼろしを見ていたのかもしれない。

ともあれ、登場人物がことごとく消滅する『恐るべき子供たち』の結末は、コクトーの描きだした小説、詩、演劇、映画のなかで、最も荒涼として救いのない、いや、その救いのなさが逆に晴れ晴れとした感動さえ呼ぶ名場面である。すべてが夢幻的に消えてしまうこの瞬間に、コクトーの死生観が純粋な結晶を見せているといってもいいと思う。

ただ、その本質的な側面だけに目を奪われると、『恐るべき子供たち』のもうひとつの魅力を見失うことになってしまう。

この小説は、厳格な運命悲劇であると同時に、繊細きわまりない心理小説でもあるからだ。ラ・ファイエット夫人の『クレーヴの奥方』に始まり、ラクロの『危険な関係』を頂点として、コンスタンの『アドルフ』とスタンダールの『赤と黒』に受け継がれ、『クレーヴの奥方』の焼き直しであるラディゲの『ドルジェル伯の舞踏会』を最後の傑作とする、フランス小説の精華ともいうべき伝統につらなる傑作なのだ。

フランス流心理小説の特色は、人間精神を精密機械のようなメカニズムとしてとらえるところにある。登場人物の一見不可解な行動には、かならず深い動機があり、その動機から発して、あたかもビリヤードの球が一度突かれたのちは、機械的な反射を起こしながらみじんも狂わぬ軌跡を描きだすように、人間の心理と行動は正確に分析されなければならないということである。

『恐るべき子供たち』の底にある動機は、エリザベートの弟ポールへの愛である。二人は姉弟であるがゆえに、この愛は初めから十全な実現を禁じられている。『恐るべき子供たち』の最後に、いきなり「近親相姦」という言葉が記されるのは、この小説の奥底にその誘惑が隠れていたことの証拠である。

エリザベートは、自分の真の愛の実現が妨げられることには耐えられる強い精神の持ち主だった。しかし、彼女は、弟の愛が他人に向けられることには耐えられない。この感情の矛盾が、最後の飽和点に向かって徐々に煮つまっていく。これが『恐るべき子供たち』の心理小説としてのドラマトゥルギーの基本である。

そうして、物語が終わってみれば、その悲劇的な結末は、のっぴきならない必然だったことが明らかになる。高貴であれ、邪悪であれ、あまりに純粋な感情は人を殺す。この心理的必然をふたたび運命と呼ぶこともできるだろう。

エリザベートとポールの感情の純粋さを保証しているのは、幼年期という殻である。ふつう、この殻は時間の経過とともに自然に破れ、そこから大人が脱皮してくる。だが、神聖な子供部屋というあまりに固い殻にくるまれ、子供部屋の精霊に監視される姉弟は、ついにこの殻から脱皮することができなかった。エリザベートは結婚して、いったんは子供部屋を出るが、処女のまま夫を奪われて、ついに結婚生活に入ることはないし、ポールは姉の夫が残した広大な邸に、中国の城砦のような新たな子供部屋を作って、そこに立てこもる。成熟という精神の変質に汚されることなく、感情の純粋さを保ったまま子供部屋の呪縛から脱出するためには、この世という殻そのものを脱ぎすてて、天使のように旅立つほかなかったのである。

そうして旅立ったエリザベートを模倣するかのように、この架空の女性像のモデルとなったジャンヌ・ブルゴワンは、『恐るべき子供たち』が世に出た数か月後のクリスマスの日、自ら二六歳の命を絶ったのだった。

コクトー年譜

一八八九年

七月五日、パリ郊外、セーヌ・エ・オワーズ県メゾン＝ラフィットに生まれる。

父、ジョルジュ・コクトーは当時四七歳。弁護士を引退して、年金生活を送り、絵を得意としていた。母、ウジェニーは三三歳で、観劇が趣味の社交家。一二歳年上の姉マルトと、八歳年上の兄ポールがいた。

幼いジャンは、母に溺愛され、養育係のドイツ人女性ジョゼフィーヌに育てられた。

一八九六年　七歳

シャトレ座でジュール・ヴェルヌ原作の舞台『八十日間世界一周』を見て驚倒する。ジョゼフィーヌに連れられて、サーカスや、発明されたばかりの、リュミエール兄弟の映画にも通う。

一八九八年　九歳

四月五日、父ジョルジュが謎のピストル自殺を遂げる。コクトーはこの事件について終生ほとんど口を閉ざした。

一八九九年　一〇歳
夏休みにスイスに旅行する。この時の記憶が『恐るべき子供たち』に反映している（第一三章）。

一九〇〇年　一一歳
再び夏のスイス旅行。
コンドルセ中学に入学し、『恐るべき子供たち』の舞台となるモンティエ広場でよく遊ぶ。
同級生にダルジュロスという名の少年がいた。

一九〇四年　一五歳
コンドルセ高校に進学したものの学業怠慢ゆえ退学になり、フェヌロン校に移る。

一九〇六年　一七歳
エルドラド座の女優と関係を持ち、バカロレア（大学入学資格試験）に落第して、マルセイユに家出する。詳しい事情は不明だが、このとき麻薬や同性愛を知ったともいわれる。

一九〇七年　一八歳
再びバカロレアに落第して、大学進学を諦める。

一九〇八年　一九歳
母ウジェニーの導きで社交界に出入りし、プルーストやノアイユ伯爵夫人と知りあう。
四月四日、名優ド・マックスの肝いり

で、フェミナ座を借りきって詩の朗読会を開き、一躍、文壇の寵児となる。

一九〇九年　二〇歳

処女詩集『アラジンのランプ』を刊行。シャトレ座でのロシア・バレエ団の公演の際、団を主宰するディアギレフや、天才ダンサー、ニジンスキーに紹介される。

一九一一年　二二歳

ニジンスキーの跳躍によってのちに神話と化すロシア・バレエ団の『薔薇の精』のポスターを制作する。ディアギレフからストラヴィンスキーを紹介される。

一九一三年　二四歳

五月二九日、シャンゼリゼ劇場でストラヴィンスキーとロシア・バレエ団による『春の祭典』の初演に立ち会い、衝撃を受ける。

一九一四年　二五歳

スイスのストラヴィンスキー宅で、処女小説『ポトマック』を脱稿する。第一次世界大戦が勃発し、衛生兵として参加する。

一九一七年　二八歳

五月一八日、シャトレ座で、コクトーの台本によるロシア・バレエ団の『パラード』（音楽サティ、美術ピカソ、振付レオニード・マシーン）の初演。賛否両論のスキャンダルを巻き起こす。

一九一八年　二九歳
オネゲル、ミヨー、プーランク、オーリックら新進音楽家集団「六人組」のコンサートが開催され、コクトーの評論『雄鶏とアルルカン』がこのグループの宣言書と見なされる。
一九一九年　三〇歳
シュルレアリスト、とくにブルトンと対立する。
一六歳のレーモン・ラディゲと知りあい、すぐに深い友情で結ばれ、行動を共にする。
一九二三年　三四歳
小説『大胯びらき』『山師トマ』、詩集『平調曲』を刊行。
一二月一二日、ラディゲが腸チフスにより急逝する。享年二〇。
一九二四年　三五歳
ラディゲの死の悲しみから逃れるため、阿片を常用するようになる。
一九二五年　三六歳
『恐るべき子供たち』の姉弟のモデルとなるジャンヌおよびジャン・ブルゴワンと出会う。
カトリックの思想家ジャック・マリタンに大きな影響を受け、カトリックに帰依。
マリタンの勧めで阿片中毒の入院治療を行う。
一九二八年　三九歳

一二月初め、パリ郊外サン＝クルーの療養所に入院して、二度目の阿片解毒治療を行う。

一九二九年　四〇歳

四月まで阿片解毒の入院治療を継続。この間、小説『恐るべき子供たち』と、治療中のメモ『阿片』を執筆する。六月、『恐るべき子供たち』出版。クリスマスの日、ジャンヌ・ブルゴワンが自殺する。『恐るべき子供たち』のエリザベートのモデルとして世間の耳目を集めていた。享年二六。その険のある美貌は若き日の女優シャーロット・ランプリングを想起させる。

一九三〇年　四一歳

初の映画作品『詩人の血』を監督（公開は一九三二年）。

一九三三年　四四歳

三度目の阿片解毒入院。

一九三六年　四七歳

『八十日間世界一周』を模した旅行に、秘書のアラブ系美青年と共に出発。五月には東京を訪れ、歌舞伎や相撲を見物する。

一九三七年　四八歳

『オイディプス王』のオーディションでジャン・マレーと出会い、翌年から同棲を始める。

一九四〇年　五一歳

マレーの勧めで四度目の阿片解毒入院。

これが最後の療養となる。

一九四六年　五七歳

映画『美女と野獣』を完成。

一九四七年　五八歳

画家志望の青年エドゥアール・デルミットと出会い、のちに養子とする。

一九四九年　六〇歳

映画『オルフェ』を製作。

一九五〇年　六一歳

ジャン＝ピエール・メルヴィル監督『恐るべき子供たち』の脚色を担当。

一九五五年　六六歳

アカデミー・フランセーズ会員となる。

一九五九年　七〇歳

フランソワ・トリュフォーの資金援助で最後の映画『オルフェの遺言』を監督する。

一九六三年　七四歳

四月に心臓発作を起こし、一〇月一一日、息を引きとる。

訳者あとがき

中条省平

『恐るべき子供たち』の新訳の可能性をはじめて考えた日のことはよく憶えている。亡くなった「天才エディター」こと安原顯さんが「リテレール」という書評誌を始めた直後のことだから一九九二年、もう十数年も前のことになる。その「リテレール」の創刊記念パーティの二次会で、私は版画家の山本容子さんとよもやま話をしていた（山本さんは毎号「リテレール」の表紙を描いていた）。話がコクトーのことに及んだのは、山本さんが熱烈なコクトー・ファンだったからである。そのとき、山本さんはこういった。

「『恐るべき子供たち』の翻訳って、どれも日本語が分かりにくいのね。そう思わない？」

私は思ってみたこともなかったので、そうですか？　などと曖昧な返事をするほかなかったのだが、山本さんは言葉を継いだ。

「分かりにくいわよ。読みなおしてごらんなさい。中条さん、新しく訳してくれないかなあ?」

というわけで、私は帰宅してから、すぐに手元にある二種類の文庫本を読んでみた。すると、たしかに、よく読むと分かりにくいところが多かったのである。それで、これなら『恐るべき子供たち』の新訳を出す意味もあるな、と思ったのだった。あれから十四年、光文社の誘いでようやく『恐るべき子供たち』の新訳をお届けすることができる。そもそもの始まりは山本容子さんの言葉だった。

いま「『恐るべき子供たち』の翻訳の日本語が分かりにくい」といった。それでは、コクトーの原文は分かりやすいのか、といえば、分かりやすいとはいえないところもある。

その原因のひとつは、コクトーのフランス語の変幻自在さである。『恐るべき子供たち』は一定の決まりきったスタイルで書かれてはいないからだ。

そこには、『クレーヴの奥方』以来フランス文学の伝統である繊細な心理分析の言葉があり、幻想的なイメージを乱舞させる詩的な言葉があり、また、謎をはらみながら勢いよく進んでいく物語の言葉がある。さらには、ギリシア悲劇を思わせるような力づよい断言の魅力もみちている。そうした異なった感触をもつ多面的な言葉の混合体が、『恐るべき子供たち』なのである。

したがって、翻訳を通常の小説のような一定の文体で押しきろうとすると、言葉に無理が生じる。そのひずみが分かりにくさと感じられることもあるだろう。

もうひとつの原因は、コクトーの文章には飛躍が多いということである。むろん、この飛躍は『恐るべき子供たち』の大きな魅力でもある。この小説が書かれたとき、コクトーは阿片中毒の入院療養中で、論理や思考の飛躍は阿片の体験や麻薬による時間感覚の変容と関係があるかもしれない。

だが、意外なことに、詩的なイメージが自由に飛躍する場面はそんなに多くない。それより、むしろ論理的な散文のなかで、論理の連環に空白があって、そのつながりが分かりにくくなっているところが多いのである。

じっくりと原文をたどれば、その論理の連環はかならず見えてくる。ところが、原文をそれに対応する日本語に機械的に置き換えてしまうと、論理的なつながりが見えなくなってしまうのだ。翻訳者が勝手に説明を補足するわけにはいかないから、文章の飛躍のスピード感を活かしつつ、論理的なつながりが見えるような訳文のかたちを忍耐づよく探るほかなかった。

『恐るべき子供たち』の明晰な論理性を分かりやすい言葉で伝え、同時に、その文章のスピードとポエティックな昂揚感を減殺《げんさい》しないこと。そこにこの新訳は努力を注いだ。

一冊の本を翻訳した者は、本ができあがったときには、もうしばらくはその本の顔も見たくないという気分になるはずだ。同じ文章を何十回も読みなおしたというだけでなく、原文を日本語にする過程で、あらゆる角度からうんざりするほどその文章をためつすがめつしなければならないからだ。

だが、『恐るべき子供たち』は例外的に、いくら読んでもうんざりする気持ちにはならなかった。コクトーの原文が変幻自在で、いつ読んでも新たな姿を見せてくれたからだ。その多面性がこの翻訳に反映されていればいいなあと思う。

なお、共訳者の中条志穂はかつて大学の卒業論文で『恐るべき子供たち』を取りあげた。そのこともこの共訳の推進力となった。

kobunsha classics
光文社古典新訳文庫

恐《おそ》るべき子供《こども》たち

著者　コクトー
訳者　中条省平《ちゅうじょうしょうへい》、中条志穂《ちゅうじょうしほ》

2007年2月20日　初版第1刷発行
2014年8月25日　第3刷発行

発行者　駒井 稔
印刷　慶昌堂印刷
製本　フォーネット社

発行所　株式会社光文社
〒112-8011東京都文京区音羽1-16-6
電話　03（5395）8162（編集部）
03（5395）8116（書籍販売部）
03（5395）8125（業務部）
www.kobunsha.com

落丁本・乱丁本は業務部へご連絡くだされば、お取り替えいたします。
ISBN978-4-334-75122-7 Printed in Japan

いま、息をしている言葉で、もういちど古典を

長い年月をかけて世界中で読み継がれてきたのが古典です。奥の深い味わいある作品ばかりがそろっており、この「古典の森」に分け入ることは人生のもっとも大きな喜びであることに異論のある人はいないはずです。しかしながら、こんなに豊饒で魅力に満ちた古典を、なぜわたしたちはこれほどまで疎んじてきたのでしょうか。

ひとつには古臭い教養主義からの逃走だったのかもしれません。真面目に文学や思想を論じることは、ある種の権威化であるという思いから、その呪縛から逃れるために、教養そのものを否定しすぎてしまったのではないでしょうか。

いま、時代は大きな転換期を迎えています。まれに見るスピードで歴史が動いていくのを多くの人々が実感していると思います。

こんな時わたしたちを支え、導いてくれるものが古典なのです。「いま、息をしている言葉で」——光文社の古典新訳文庫は、さまよえる現代人の心の奥底まで届くような言葉で、古典を現代に蘇らせることを意図して創刊されました。気取らず、自由に、心の赴くままに、気軽に手に取って楽しめる古典作品を、新訳という光のもとに読者に届けていくこと。それがこの文庫の使命だとわたしたちは考えています。

このシリーズについてのご意見、ご感想、ご要望をハガキ、手紙、メール等で翻訳編集部までお寄せください。今後の企画の参考にさせていただきます。
メール　info@kotensinyaku.jp